看不見的她所追尋的事物

霧友正規

輕文學
Light Literature

目錄

真正重要的事物，用眼睛是看不見的——雖然經常聽人這麼說。

例如夢想、希望，或者是愛。然而比起這些華麗的詞藻，講成「只要有錢什麼都買得到」的說法反而更讓人覺得乾脆。

不久之前，我一直在思考著這種帶有些許諷刺的事情。嗯，或許到了現在也沒有多大的改變。

即使如此，我在講到關於她的事情時都會閉上眼睛。

如此一來，多少能讓我覺得她就在自己身邊。

■我的尾聲

敬啟　小鳥遊昂　先生
又到了櫻花飛舞的季節，小鳥遊昂先生最近過得如何呢？
突然寫信給您真是不好意思，還請您多多見諒。
由於您的作品帶給我非常大的衝擊，為了將這份感動傳達給您知道，我提筆寫下了這封信。
這是我第一次寫粉絲信，應該有許多用詞不夠周到的地方，還請您多多包涵。
……

「嗯～總覺得不太對……」

小聲地念完眼前的信之後，我歪著頭看向窗戶。自己那張用筆蓋頂著下顎的臉龐，微微地映照在玻璃上。常有人跟我說那樣做會留下印子不好，不過這算是我改不過來的習慣之一。

在這名夢幻美少女——無視一切異議——的背後、窗戶的外頭，那道用「日光」這類柔和的詞彙來形容多少有些不足的夏日陽光，正烘烤著窗框。

「以季節來說也不太對……」

雖說我很努力地思考了季節性的寒暄，但「櫻花飛舞的季節」早就結束了。先別說我其實很煩惱到底要不要這樣寫，現在的我光是要寫出這麼長的文章就已經很困難了。

我重看了一次自己寫的文章，感覺字跡比以前更難看。整段文章中，只有一開始的部分比較有條理。

小鳥遊昴。

「KOTORIASOBI（註1）……？」

正當我之前疑惑著這個字是否該這麼念的時候，朋友告訴我正確的念法應該是「TAKANASHI SUBARU」。據說這算是一種文字遊戲，帶有「小鳥只有在沒有老鷹時才能出來遊玩（註2）」的含意。

註1：把「小鳥遊」拆成「小鳥」跟「遊」之後再組合起來的日文發音。

註2：「TAKANASHI」中，TAKA是指「老鷹」，NASHI則是「沒有」的意思，念法跟漢字組合就變成「小鳥只有在沒有老鷹時才能出來遊玩」。

「他應該曾經因為自己的姓氏很難念，而吃了不少苦頭吧。」

隱約記得朋友邊苦笑邊這麼說。

在我想著這些事情的時候，病房的門傳來輕輕的敲門聲。正所謂「說曹操曹操就到」，從那道充滿自制的聲音判斷，來的應該是我親愛的朋友沒錯。

「請進。」

在我回應之後，一張熟悉的臉龐從緩緩開啟的房門探了進來。

「狀況如何？」

如我所料，走進病房的是我長年以來的好友。由於已經在這個房間生活了很長一段日子，如今我光是聽敲門聲就能分辨是誰來了。而且真要說起來，根本沒有多少人會來探病。

正當我開口打算回「還不錯」時，喉嚨突然有股刺痛感。

——糟了。

因為實在無法壓抑，我用力地咳了起來。眼角能瞥到朋友緊張地用手摀住嘴。

「怎麼了、織織——」

「……咳、咳！真的是很抱歉，這個時候如果媽媽在的話……」

「嗯？老師怎麼了嗎？」

「討厭，小月！妳這樣不行啦！這時候應該要回『明明說好不可以這樣講了』才對啊！」

「是、是這樣啊……」

看著一臉認真到似乎準備拿出筆記本記下這件事的小月，我在心裡鬆了一口氣。

──很好，看來順利敷衍過去了。

我親愛的小月輕輕晃著及腰的黑色長髮，走到床邊的椅子坐下。她把裝在塑膠袋裡的書籍抱在胸前（最令人生氣的就是她比我大），露出了笑容。

「今天正好是妳喜歡的攝影雜誌發售日對吧？我買好帶來了，晚一點一起看吧？」

「喔喔！」

翻閱照片集在現今似乎不是很好的興趣，卻是我少數的娛樂之一。真要說起來，這原本是我爸的興趣。透過這些照片，我能夠了解外面那個我無法親眼看見的世界，這點比想像中還要強烈地觸動我的心弦。

看著小月拿出來的攝影雜誌，我整個人都雀躍起來。至少在聲音上，得讓小月知道我很有精神。

「不愧是我老婆！」

「真是的，妳到底從哪裡學來這些話啊……」

小月先皺起眉頭看了看亂開玩笑的我之後，再盯著我的手邊看。

「……在寫信？」

我慌慌張張地把攤開的信紙折起來，但因為手沒辦法靈巧動作，折線落在有點奇怪的地方。

「嗯、對啊。稍微寫一下。」

「等妳寫完我再幫妳寄出去吧。有信封嗎？」

「不用啦，沒關係的。」

「我不會偷看啦。」

畢竟是小月，她如果說不會偷看，就真的不會偷看。然而問題不在那裡。我左右搖了搖頭，雙眼直直地望向她。

「我在意的不是那個，而是打從一開始就不是為了要將它寄出去才寫的。」

「……是喔。是要寄給『小鳥遊先生』的？」

講到小月，她平常明明不怎麼機靈，偏偏在某些時候非常敏銳，讓人總是大意不得。還是說，會變成這樣是因為我的想法太容易猜？

「……嗯。」

面對露出笑容彷彿一切都了然於胸的小月，我不知怎地害羞起來。先忍不住拍打幾下棉被，接著像是要把信藏起來般用雙手蓋著它，往下方看。

沒錯，我原本就不打算把信寄出去。

首先，我不知道該寄到哪裡去。關於對方的事情，我唯一知道的只有刊登在雜誌上的名字。萬一信真的寄到他的手中，而且還回信給我的話，該怎麼辦才好？肯定會讓我在這個世界上留下多餘的「遺憾」吧。

——我會變成「幽靈」。

所以，我只想寫下這封信。光是這樣肯定足夠了。只要能稍微照亮我所剩不多的時間，我就很滿足了。

「先、先不說這個了，學校那邊最近怎麼樣？」

「啊，今天發生了很有趣的事情喔。班導啊……」

不知小月是否察覺我明顯想轉移話題，她接著我的話題繼續說下去。她生動有趣地講起班導究竟如何跨越支持的棒球隊吞敗這種窮途末路，重新找回平常心繼續教課的事情。嗯，雖然我覺得在他跟學生講出這些話時，已經沒有所謂的平常心了。

那是我不曾去過、名為「高中」的世界。依照小月的話語所重現的那個地方，感覺就像是只有快樂結局的童話世界。我想那裡肯定也有著令人難受的事情，但小月不打算將悲傷的事情帶進我的世界。

或許正因如此，我才想要那麼說。對著生活在我不知道的世界的她，講出那段話。

「小月，我說啊。」

「怎麼啦？」

彷彿完全不在乎我中途打斷，我的朋友微微側著頭。嗯，我最喜歡小月的這一點了。

所以。

「謝謝妳。」

「……怎麼突然說這種話？」

「妳可以忘了我沒關係喔。」

聽完我說的話，小月瞪大了原本就很大的雙眼。足以讓人感到寒意的冷氣，吹拂過她柔順的黑髮。

「妳、妳在說什麼啊？」

她的聲音顫抖，連原本打算微笑的嘴角，也無法順利向上微彎。小月嘴巴開闔了好幾次後，才總算把話硬擠出來：

「不行啦……不可以說這種話啦……」

我也被小月傳染，差一點就要哭出來。即使如此，我應該還是有順利露出笑容吧。

正因為她很溫柔，若我沒有像這樣明白地說出口，她應該會一直掛念著我的事情……我不希望事情變成這樣。

「如果小月沒辦法對我露出笑容，我大概無法成佛吧。」

拜託妳，忘了我吧。

——這麼一來，我肯定不會留下遺憾。

貼在病房牆壁上的幾張風景照，靜靜地俯視在內心如此低語的我。

■我的序幕

我記得那應該是剛升上國中三年級時發生的事情。

由於我們學校的國中能直升高中，學生不用特別努力準備升學考試。所以是老師和家長最擔心會發生「中途鬆懈」現象的時期。

「高中才入學的學生們非常優秀喔！」

但學生將教師的威脅話語當耳邊風，在慵懶的春季陽光中打著瞌睡。

身穿白衣的年輕化學老師用粉筆在黑板上敲出清脆聲響。

我當時想不到該如何形容他，現在回想起來，他是個「還帶有學生氣息」的老師。因為擁有與眾不同的氛圍而深受學生歡迎，被取各種綽號還會露出欣喜的笑容。

老師用粉筆漂亮地畫出圓圈後，邊伸出中指推著眼鏡，邊轉身面對我們。老師先是對在最前排熟睡著的棒球社隊長微微露出類似苦笑的表情，不過沒有特別叫醒他，而是開口說出毫無脈絡可循的開場白：

「話說回來，科學——我現在要說的不是『Chemistry』，而是『Science』所指的

『科學』——各位可能會認為這個科學帶有絕對不變的性質，實際上的確有一些大人能臉不紅氣不喘地表示科學是絕對的。然而，事情並非如此。例如……」

這時他用指示棒在手掌「啪」地敲了一下，不知為何，那道低沉的聲音聽起來格外清晰。

「你們應該有聽過地動說吧？就是指地球是繞著太陽轉的那個學說。如今這已經是讀幼稚園的小朋友會知道也不奇怪的科學事實，但過去曾有過將其當成是錯誤學說，甚至只要相信該內容就會被判處死刑的時代。像伽利略的故事就相當廣為人知，他因為主張地動說而與修士起了爭論，在一六一六年受到宗教審判。然而到了現代，他卻是無人不知、無人不曉的偉大科學家。在歷史上，像這樣一口氣改變價值觀，名為『典範轉移』的現象曾數度發生過。而這個——」

老師邊說邊握起拳頭，往他剛剛用粉筆在黑板上畫好的圖敲了兩下。

「是電子殼層。對現代科學而言，這種電子圍繞在原子核周圍不斷打轉的科學模組，也已經是在很久以前就被取代的內容。在這裡我不會特別做詳細的說明，不過在各位同學之中，應該有一部分人會在大學接觸量子力學等科目時，學習到新的概念。」

接著，他用指示棒指了其中一名學生。

「那麼，你知道為什麼還是要學這種東西嗎？」

突然被老師點到的學生雖然相當慌張，但還是努力擠出答案。

「……因為如果不知道這個，就無法理解更詳細的內容……嗎？」

「這是原因之一，不過我的答案有些不同——是因為方便。」

講完非常突兀的答案後，老師補上一句「回答得很好」並露出微笑。

「即使是已經被取代、不再是正確答案的內容，也必須仔細去了解才行。你們應該經常接觸到這類事物才對。若是拿別的科目舉例，我們在學習歷史時，並非只是要學習正確的事情，同時也要了解什麼是錯誤的事情。」

他輕聲地笑了笑後補充：

「哎呀，這算是我擅自做出的解釋，可能會惹歷史老師生氣也不一定，請幫我保密。」

一陣笑聲過後，老師才接著說下去。

「那麼——」

「啊……」當時的我內心應該有這麼想過。

因為在那短短的一瞬間，我已從老師的表情理解到他接下來要說什麼。

「其實在不久之前，都還是認為『幽靈根本不可能存在』的時代喲。」

這種時候，我就會很痛恨自己優異的洞察力。正因為做好了無謂的心理準備，我反而不知道該做何反應才好。

對於大部分的學生而言，老師所說的只是一段笑話吧。但是如我心中所想的這段話，完全戳中我的痛處，讓我連露出苦笑都辦不到。

我至今仍不清楚老師唐突地講起這些話的真正用意，只記得他的視線曾有一瞬間掃過我。

「好，我們來繼續上課吧。」

老師露出溫和的笑容，重新轉頭面對黑板。

＊　＊　＊

「靈感異常」。

這是在靈異知覺也包含在義務教育當中的現代，用來指少數「無法感知到幽靈的人們」所用的詞彙。我——小鳥遊昴——也是其中一員。

做為靈感異常證明的白框眼鏡，聚集了為數眾多的不理解、誤解以及錯誤的好意。

我在這樣的世界中，不斷重複著期待與放棄的輪迴。

對他們說「你明明不懂我的感受」，未免太過世故。

對他們說「非常感謝你的關心」，又會打亂自己的心情。

這或許跟每個人都曾經歷過，那種青春期特有的感傷非常類似也不一定。即使如此，無論是多麼瑣碎的問題，對本人而言都相當嚴重吧？

——離題了。

總而言之，我們來面對現實吧。

西元二〇二〇年，人類與幽靈共存中。

＊＊＊

究竟是在幾時幾分、地球轉了幾圈時發生的已經不是重點，因為幽靈並非是在那個當下的那個瞬間才突然出現的。他們似乎從很久以前就存在，一直在無法感知他們的人類（指的是還活著、有生命活動的「人類」）身邊飄來飄去。不過，這跟哥倫布的成就被稱為「『發現』新大陸」一樣，重點在於，歷史由贏家所撰寫，語言的詞義也是由使用的人所決定。

人們在西元一九九七年（文思九年）「『發現』幽靈」，這是連小學生都聽過的歷史重大事件。記得雙關語是「田村博士於一級苦難（一九九七）發現幽靈（註3）」，雖然給苦難分等級實在是莫名其妙。

對於日漸嚴重的能源問題感到痛心的田村宗次郎博士，勇敢地向「人類的精神活動是否能轉換成能源」這個不切實際的命題挑戰，卻帶來完全不同的結果。

正如文字所示，是「帶來」。

最初在學會發表「幽靈與能源的關連性」這個主題時，眾人似乎都當成笑話看待。但在他們嘗試田村博士提倡的手法後，立刻變得能夠看見幽靈，還因為飄在空中的幽靈們對自己打招呼而大吃一驚。

這絕對是有什麼機關——這個（以當時人們的常識來看）再正常不過的反應，隨著幾天後在客廳電視上看田村博士演說的人們的靈感全都覺醒，而完全被推翻。

靠著感應幽靈維生的人們手牽手一起失業；另一方面，殯葬業者和墓地管理業者則是因為能接到「本人的意見」而滿面春光。「從搖籃到墓地」變成「從搖籃到幽靈生活」（先不管這裡所提到的「生活」二字在字面上是否正確），死後搬家成了理所當然之事。

註3：一級苦難的日文念法跟一九九七的日文念法類似。

真要說起來，沒有人知道「他們」與所謂的「幽靈」是否相同，因此官方是使用「留靈體」這個詞彙。「在刑事法庭傳喚被害留靈體當證人」、「被繼承遺產的留靈體參與遺產的分配」等等，不久之前只存在於幻想中的情況皆化為現實。由於議論過於混亂，使得「留靈體基本法」的成立不斷推拖延遲——以上是我在高中的日本近代歷史課中學到的內容。

不過，受到一般人廣泛認同的還是「幽靈」這個詞彙。人們稱呼他們為「幽靈」時不會有所猶豫，也把他們當成那種存在。

因此人類——持續著生命活動的「Homo sapiens」，開始過起與「幽靈」共存的生活。這究竟能不能算是一種幸福，目前我們還不清楚。

好，引言已經太長，我們差不多該開始講故事。

這是屬於我跟她的故事。

發生在看不到幽靈的我，與幽靈女孩子之間，直到相會前的故事。

我在進入大學過了一段時日，於春季結束時接觸到有關她的事情——

第一話　我們的日常與突然出現的少女

漫無目的地回想完國中恩師的事情後，我總算回歸到身為大學生的現實。如果問我為什麼會陷入回憶當中，那是因為我很閒。至於我為什麼會很閒，當然是因為完全沒有客人上門。

我把無意識間用手指夾住的文庫本放回旁邊的椅子上，輕輕嘆口氣。

進入大學已經快兩個月了，我在學姊強硬的勸誘下加入了攝影社，還被任命在校園舉辦的展覽會中擔任接待。這是會讓人想大喊「拜託饒了我吧」的爛差事，畢竟我已經能看見寬廣的教室中，隨時都空無一人的景象了。

很可惜，為了看照片而在假日刻意跑來學校，這種充滿文化素養的思想，似乎沒有依附於學生們身上，連應該要在門口的麻雀都不見蹤影。到目前為止，提供給參觀展覽的人寫下感想的筆記本依然努力維持美白。

即使在五月上旬校慶時門庭若市的大學校園，到了平常的假日依然理所當然地空蕩一片。頂多時不時傳來熱舞社高分貝的背景音樂，以及運動社團充滿氣勢的吶喊聲。

如果今天是平日，我回過神的此刻已經要開始上午後的課程了。正當我想即使現在去吃午飯應該也無所謂時，現實的肚子就毫不客氣地叫了起來。雖然不會因此覺得丟臉，卻格外令人感傷。

在我無意識地抬頭面向全新的天花板時，門擋擋住的大門傳來很刻意的敲門聲。

「嗨～～你的表情還是一樣鬱悶呢，小鳥遊。」

「……囉唆，不要覺得每個人都跟你一樣樂天。」

這位恰巧撞見我這種表情的人叫瀧尾浩二，是我國中以來的損友。他跟平時沒兩樣，是個精神好過頭的傢伙。

他身穿鬆垮的工作褲配上印著英文字的白色T恤，外面再搭一件短袖的黑色連帽外套。脖子上掛著國內知名廠牌製造的耳機，垂下來的耳機線與從工作褲探出頭的隨身聽連接在一起。雙手都提著便利商店的半透明塑膠袋，其中一袋裡頭還可以看到免洗筷。

「瀧尾，真不好意思，明明是難得的假日。」

「別在意，反正我也沒事……來，慰勞品。」

「你真是個好人……」

「你現在才注意到喔。」

「我會記得這份恩情的，大約三天左右吧。」

瀧尾用笑容回應我的玩笑後，走進用屏風區隔出來的社員用空間，把便利商店的塑膠袋「咚」一聲放到置於中央的桌上。

「親子丼、蛋包飯、烤肉便當以及奶油培根蛋黃義大利麵。奶油培根蛋黃義大利麵是社長的。」

「晚點把收據給我吧，社員的部分應該會用社費支付……給我烤肉便當。」

「拿去。」

我順手接下瓶裝綠茶後，雙手合十開口：

「我要開動了。」

瀧尾也拿出蛋包飯吃了起來。在假日跑來學校，因為學生餐廳沒開，只能吃便利商店賣的便當。

正當我們像普通學生一樣討論著很麻煩的報告時，被當成展場的教室門口那邊傳來熟悉的女性聲音。

「真是的，這可是我們難得的成果發表耶，為什麼如此難看啊！」

從屏風後面探出頭，就看到我預料中的人物站在那裡。

那位一邊大聲地發著牢騷，一邊翻閱留言用筆記本的人，是三年級的進藤麗華學姊。以女性來說，她的身高很高，藍色窄管牛仔褲完全襯托出她纖細的美腿。即使上半身穿著樸素的直條紋長袖襯衫，依然給人一種華麗感。健康的膚色給人活潑的印象，掛在脖子上的單眼相機更加突顯這股氛圍。將頭髮盤在後腦的髮型、豪邁矯健的走姿，完全體現「幹練女性」的模樣。

不過這有個期限，那就是「直到她開口之前」。

「學姊，辛苦了。」

「工作辛苦了，學弟。喔，瀧尾同學也在啊。」

當她往屏風後方探頭，迅速發現瀧尾帶來的慰勞品後，露出滿臉笑容。

「慰勞品？你還真是機靈呢。啤酒呢？有沒有啤酒？」

話都沒說完，她已經動手翻起塑膠袋了。學姊還是跟平時一樣，是個思考與行動完全連結在一起的人。

「才中午就講這種話喔。」

「難道你以為會有『學生的酒精攝取時間表』這種東西嗎？什麼嘛，竟然只有茶……」

她回應露出驚訝表情的瀧尾後，彷彿很失落地坐到椅子上。但她趁機拿走茶跟親子丼的動作可是相當俐落。

學姊先做出一口氣喝掉半瓶茶，然後重重吐口氣這種一點都不淑女的行為後，往我瞪過來。

「雖然我只是大致上翻了兩下，不過留言用的筆記本一片空白耶。少年，你該不會趕走了一堆客人吧？」

「現在又不是校慶，根本不會有那麼多客人過來吧。何況這還是照片展覽。」

自從進入每個人都能「看見幽靈」的時代後，照片的地位一口氣滑落谷底——似乎是這樣。之所以會說「似乎」，是因為這個變化在我懂事之前已經發生了。

幽靈不會出現在照片當中。

根據一部分的幽靈權論者所說，似乎會變成「無視幽靈的人格、傷害其尊嚴的照片攝影實在太無恥了」的情況。事實上，如今已經沒有人在拍攝旅行照片，照片頂多只會在證件照、新聞影像等等做最低程度的使用。我曾聽雙親說過，過往學校會舉辦把遠足時的照片張貼在走廊上，讓想要照片的人認購的活動。不巧的是，我至今為止從沒在校園生活中遇過這類事情。

「真要說起來都是校慶委員那群傢伙的錯，我們社團從數十年前到現在一直保有這個傳統啊。」

「好啦好啦。」

被禁止參加校慶，必須在其他的日子找個地方辦展覽才得以維繫社團傳統——這個狀態還是持續著。麗華學姊捲起袖子，邊若有所思地看著遠方，邊將身體靠上椅背，接著又抬頭望向天花板。

「我不是不懂對外開放須注意很多事，但即使如此，這模樣未免太悲哀了。」

正當空氣中飄著一股淡淡的哀傷時——

「不好意思～～」

一道客氣的聲音從屏風的另一側傳進來。有些猶豫地往裡面探頭進來的，仍然是我認識的人。在燈光的照耀下，大波浪捲的淺棕色髮絲閃著美麗的光澤，身上穿著少女風格的白色短衫配上嫩綠色裙子。

「啊，找到小鳥遊同學了～～」

她——月見里舞彩——邊說邊露出鬆口氣的笑容。

「這不是月見里同學嗎？怎麼了？妳怎麼會來這種地方？」

「什麼『這種地方』，明明是你自己的展覽吧。真是的！」

看來月見里同學是特別過來看展覽的。她身穿與裙子同色系的薄開襟衫，從袖子露出一半的手緊握成拳頭，同時鼓起臉頰。

「等一下、等一下，這女孩是誰啊？」

「啊，這麼說來學姊跟她是第一次見面吧。」

學姊從一旁探出身子，可以從嘴角看出她有多麼興奮。我邊打心底有著不好的預感，邊介紹月見里同學是自己的同班同學後，學姊立刻用彷彿包含著「嘿～～是喔～～」的語氣開口：

「你還真是不容小覷呢，小鳥遊老師。」

看吧，就是這樣。

「不是妳想的那樣。還有，差不多該把對我的稱呼統一一下了。」

學姊用拳頭搓弄著我的臉頰，我則推開她的肩膀。而月見里同學在一旁露出似乎有些生氣的表情看著我們。

「妳叫月見里對吧……我能理解妳的心情。但是學弟已經把身心都獻給我了！」

「什麼時候發生的事啊？什麼時候？」

「嗯～～上輩子？」

「那麼我在轉世前應該也吃了不少苦頭吧……」

「附帶一提我是主人，而你是寵物。」

「我連人類都當不成？」

「不，我們都是人類喔。」

「哈哈哈……好亂的關係……」

「……月見里同學妳不用跟著她起鬨啦。」

只見月見里同學紅著臉用手摀住嘴巴。嗯，這個女孩也算是個相當程度的怪人。

講到我之前的大學生活，大致上就是這種感覺。

志同道合的損友、有些天然呆的同班女同學、情緒總是莫名高昂的學姊，以及因為是極度戶外派幾乎不會來學校的社長。

之所以刻意說是「之前」，是因為我接下來遇上了一點狀況。

並非有什麼特別的預感，也不是遇上什麼特殊的日子。

即使如此，我還是能鮮明地回想起這一天發生的事情。甚至連瀧尾幫忙買的、味道應該一成不變的超商便當我都還記得。

這肯定是一種證據，證明接下來發生的事情對我來說有著多大的衝擊。關於這點，總是讓我有種混著害羞與高興的奇特心情。

「她」就是在不久之後，走入了我的生活。

＊　＊　＊

從屏風後回到展場，看到麗華學姊正坐在櫃檯翻著封面有印象的文庫本。

「……那應該是我的書吧？」

「別在意這種事啦，小鳥遊小弟。」

只見學姊用長長的手指翻著書頁，她翹著修長雙腿低頭看書的模樣其實相當漂亮，然而現在問題不在那裡。

我先小聲地抱怨「拜託饒了我吧」之後，坐到學姊旁邊。姑且算是客人的瀧尾先向學姊打招呼後，往展出的照片走去，月見里同學跟在他身後。

這個社團的社員分別是社長、麗華學姊和我三個人。其實似乎另外還有幾個人，不過他們是所謂的「影子社員」，我從入學到現在都不曾見過。附帶一提，聽說「影子社員」以前叫做「幽靈社員」。

無論如何，只有我們三個人拍的照片展示出來。在幾乎全新的校舍中，包下一間足以容納百人的大教室，在三面牆上擺了合計約三十張照片。因為無法準備很高級的相框，幾乎所有照片都採用放大護貝後貼在模造紙，這種簡單樸素的布置法。

放眼望去，能明顯看出三人各自的嗜好，相當有趣。

社長常拍花草和生物，而且大多採近拍。雖然社長本人身材瘦弱，卻是徹底的戶外派，出外拍照的頻率高到我都懷疑他到底有沒有去上課。甚至還發生過連續好幾天沒看到社長來社團教室，正當我開始擔心他的學分會不會不夠時，他又滿面春風地現身，拿出許多我看都沒看過的生物照片讓我欣賞。至於學分的部分就先不多談了。

麗華學姊則拍攝人與人之間的互動。她似乎對於保存日常生活的瞬間有著使命感。其實說成是她的溝通能力很高竿，聽起來會比較容易理解。學姊真的不管面對誰都能立刻混熟，所以她能把人們最真實的一面捕捉於照片中。或許也是因為這個原因，她才無法忍受把照相本身當成壞事的這股風潮吧。

然後是我。我所拍攝的皆是風景照，完全不拍人物照。

——啪噠。

學姊闔上文庫本的聲音，把我從思考中拉回現實。

「歡迎光臨，請自由參觀。」

即使是這位對學弟妹態度旁若無人的女性，必要時還是會擺出應有的態度。

然而為了拜見這名稀客的尊顏而把頭抬起來的我，卻完全找不到目標、撲了個空。門口空無一人。

在我差點發出疑問聲時，才突然想起這個狀況其實一點都不奇怪，雖然有點稀奇，但是並非是不可能發生的事。

不是「空無一人」——只因為我看不見。

那裡有著「幽靈」。

可能是注意到我的視線，學姊輕輕點了點頭。她的意思應該是這邊就交給她處理吧。關於自己無法看見幽靈的事情，我有跟同樣喜歡攝影的學姊說過。

隔了一小段時間，在學姊移動視線彷彿目送對方離去後，她才小聲地對我說：

「是女孩子喔。外表看起來跟我們差不多年齡……幽靈單獨閒逛，真稀奇。」

幽靈——在過去僅是幻想的存在，現今社會已變成理所當然了……應該吧。

因為抱有「遺憾」而徘徊於世的死者靈魂——這樣講起來似乎有種灰暗的感覺，但實際的狀況其實更加複雜。除了「無法觸碰物品」這項制約之外，他們跟活著的人其實沒有什麼不同。

結果是，雖然人類對他們不甚了解，仍然接受他們，共同生活。

——即便有一部分是像我這樣的例外。

「咦？」

正當我陷入沉思時，學姊突然輕輕發出疑問聲。

「怎麼了嗎？」

「嗯，情況好像有點怪怪的——我過去看看。」

學姊慎重地用不會讓椅子發出聲響的動作起身，踩著律動的腳步往其中一張展出的照片走去。

「這張照片怎麼了嗎？」

她那道壓低音量詢問的聲音傳入我的耳中。

她們接著應該還有聊了一些事情吧。我看不見的幽靈，用我聽不見的聲音回應著學姊。在數度交談後，學姊用有些驚訝的語氣大聲地說：

「咦？拍攝這張照片的人嗎？那個人在那邊……」

接著她伸手指著我。

「咦？」

「啥？」

「耶？」

下一瞬間——瀧尾、麗華學姊和月見里同學三人突然發出奇妙的聲音，一同把視線集中到我身上。突如其來的狀況讓我感到一陣不安。

「你、你們三個到底怎麼了？」

沒有任何人回答我的問題，現場陷入一陣令人難受的沉默。

「啊？什麼？」

而打破沉默的，是麗華學姊吃驚的叫聲。

「所以說，到底發生什麼事情了？」

我依序看向每個人，卻沒人願意回應我的問題。

麗華學姊嘴巴張大到她端正的臉龐都變形了。瀧尾則是彷彿對眼前的景象感到不可置信般揉了揉眼角。而月見里同學先是訝異地看向我，接著又像是注意到什麼般吃了一驚，然後無力地跌坐在地。

慌慌張張站起身來的我，開始接二連三受到言語的暴力對待。

「小、小鳥遊！你從什麼時候開始過起那種淫亂的生活了？」

「小鳥遊小弟……連我都有種幻想破滅的感覺。」

「到底是怎樣啦！」

那兩人用彷彿看著髒東西的眼神望著我好一段時間後，才終於像是理解了什麼般搖搖頭。

「真是的，講得那麼曖昧……」

學姊嘆了口氣後用手扶著額頭。

「也對啦，小鳥遊怎麼可能這麼受歡迎，畢竟他可是小鳥遊耶。」

「……喂！瀧尾！我覺得自己差不多可以生氣了喔。」

好想哭。

「抱歉，學弟。你應該沒那個能力做這種事。」

「就是說啊。」

「所以說！現在到底是怎樣啦！」

我的吶喊讓瀧尾和麗華學姊對看一眼，麗華學姊接著開口：

「在那邊的幽靈女孩對著你說……『請讓我升天吧。』」

「……啥？」

唐突的委託，開啟了我跟她的故事。

這就是對我來說太過難以理解的「她」的登場。

◇◇◇

一名幽靈用彷彿想將其生吞活剝的眼神，緊盯著一張風景照。接著向走近她的麗華學姊問道：

『我想跟拍攝這張照片的人見面。』

「咦？拍攝這張照片的人嗎？那個人在那邊……」

麗華學姊伸手指著我

幽靈朝我這裡飛奔而來。

「咦？」

「啥？」

「耶？」

三人吃了一驚，將視線往我集中。我一陣不安。

「你、你們三個到底怎麼了？」

『那邊的那位同學，我有件事要拜託你。』

幽靈往我這邊用力探出身子，雖然她打算抓住我的雙手，卻穿透了過去。

『請讓我升天吧！』

「啊？什麼？」

麗華學姊因為太過驚訝忍不住喊道。瀧尾和月見里同學則是全身僵硬。

「所以說，到底發生什麼事情了？」

唯一搞不清楚狀況的我開口詢問。但是陷入呆滯的三人都沒有回答。

『等等，你為什麼要無視我？』

幽靈邊說邊做出抓住我肩膀搖晃的動作。當然，她無法碰觸到我。

可能是太過吃驚，月見里同學無力地跌坐在地。

『拜託你，請讓我舒服地去吧！』

倒地追加。

「讓她去吧……？」

瀧尾驚愕地低聲表示。

「小、小鳥遊！你從什麼時候開始過起那種淫亂的生活了？」

「小鳥遊小弟……連我都有種幻想破滅的感覺。」

麗華學姊把瀧尾所說的話接了下去，總之是打算要玩弄我一下。

「到底是怎樣啦！」

突然挨罵的我腦袋一片混亂。而幽靈先是因為突然凍結的氣氛吃了一驚，接著變得滿臉通紅。

『不、不對，那個……我不是那個意思！』

終於注意到自己的發言招致怎樣的誤解，幽靈慌張了。她提高音量再度大喊：

『所以說，希望你能讓我解脫成佛！』

◇

「——事情差不多就是這樣。」

以上是麗華學姊簡單易懂的解說。大概因為動作被一一模仿而感到害羞，月見里同學滿臉通紅地低著頭。

無論如何，我最多也只能回：「啊，是這樣喔。」沒有要插手的意思。

「還想說原來有這麼大膽的女孩呢，真是的。」

「麗華學姊，那個台詞……」

「你要是敢說那是上了年紀的人才會說的話，我就讓你變成白骨。」

「……沒事。」

看來是以把人變成屍體為前提呢。真是野蠻。

「所以呢？能請妳說明究竟是怎麼一回事嗎？」

麗華學姊擺出雙手抱胸等著聽原因的姿勢。我則是抱著難以形容的心情，望向她視線所在的「空位」。

在那之後，我們將接待的工作硬是丟給總算現身的社長，回到屏風後方的空間。當然，這是為了向「幽靈」問清楚狀況。

我眼中明明只看見四個人，卻拉了五張椅子，真的讓我有種不可思議的心情。有「幽靈」在的景象——至今為止雖已看過無數次，但自己一旦參與其中，就是有種奇妙的感覺。

「那個，小鳥遊同學，你該不會……」

月見里同學用彷彿把原本就很嬌小的身軀縮得更小的姿勢，坐在我對面的位子上，有點難以啟齒地開口說了這番話。而代我向她說明的則是瀧尾。

「月見里同學應該知道白框眼鏡代表的意思吧？」

「……嗯。我剛剛想起來了。」

白框眼鏡——是靈感異常的證明。話雖如此，由於沒有規定靈感異常以外的人禁止配戴，現狀是大眾對此事的認知度不高。即使我們已經認識好幾個月，月見里同學依然沒有注意到，也是沒辦法的事。

其實靈感異常也有分很多種，不過靈視異常——無法「看見幽靈」——的例子最多。由於一般大眾也有用「靈盲」來稱呼靈感異常，所以才會將「眼鏡」當成記號。但真要說起來，這個稱呼會無法用來表現「聽不見幽靈說話」的人，因此大部分還是以「靈感異常」為總稱。

「小鳥遊同學，對不起，我……」

「沒關係，畢竟我也沒有好好說明過。」

看到月見里同學失落地低下頭，我急忙回應。畢竟她真的不需要那麼在意。

學姊可能是想改變現場的氣氛，雙手一拍後開口：

「好啦，我們可以來討論正題了。」

「『希望拍攝那張照片的人，能讓我解脫成佛！』她是這麼說的。」

聽到學姊的號令後，瀧尾如此說明。雖然此事對我來說很唐突，但從周圍的反應來判斷，這是身為幽靈的「她」先前說過的內容。

「那張照片……？」

無法立刻搞懂現況的我困惑地歪著頭。

「『那個，就是指我剛剛看的那張照片。』她這麼說。」

依舊是瀧尾負責解說。

「啊～～等等，等一下。要是不先自我介紹根本談不下去吧。」

打斷對話的麗華學姊率先講出自己的名字。

「我是進藤麗華，攝影社的副社長，就讀法律系三年級。」

「……我是月見里舞彩。啊，『YAMANASHI』的漢字不是山梨（註4），而是取『能看見月亮的鄉里』之意寫成『月見里』。」

這應該是月見里同學的堅持吧，她每次自我介紹時都會如此強調。

「我是瀧尾浩二，就讀理工科一年級。然後他是小鳥遊昴。」

代替無法跟「她」對話的我，瀧尾將我介紹給對方。瀧尾是那種明明別人沒有特別說什麼，就會主動來幫忙的男人。也因為他這種愛照顧人的性格，很容易吸引女性，這點實在是很難對付。

當四個人都介紹完畢後，除了我之外所有人的視線，聚集在空空如也的位子上。

「所以說，妳到底是誰？」

以學姊的話為開端，三人一同做好聽「她」開口的準備。我則是帶著被疏遠的感覺看著他們。

有「靈感異常」的我不但看不見幽靈，也聽不見他們的聲音。由於幽靈無法對人類帶來物理上的影響，所以只要在經濟社會中獲得物質層面的滿足，其實不會有什麼問題。最多就是有時會突然有種只有自己被排擠在外，或者「其實我這樣才真的是異世界的居民吧」，這種奇妙且不舒服的感覺。

註4：山梨的日文發音跟月見里相同，都是YAMANASHI。

只要自己不積極地接觸幽靈相關的事情，就不用太在意。雖說直到我能這樣想為止，已經一路累積了各式各樣的黑歷史。

隔了一小段時間，等對話告一段落後，瀧尾轉頭面向我。

「她的名字是『詩織』，似乎是三個月前成為幽靈。她今天會走進大學只是巧合，因為看到你的照片後似乎想起了什麼，才會希望你幫忙超渡她。」

「要我幫忙？是說為什麼會變成我得超渡她啊？」

「所以說，妳的遺憾跟小鳥遊同學的照片有關係嗎？」

月見里同學臉上浮現一抹疑惑，如此說道。

在幽靈的「生態」（雖然我覺得詞義根本有錯，不過講「死態」也很奇怪）中，人類少數理解的系統之一就是「超渡成佛」。

真要說起來，不是每個人去世後都一定會變成幽靈。去世時如果對某種事物抱著強烈的思念，例如想要某個東西，或者想變成什麼樣子等等的願望——換言之，留有「遺憾」的人會成為幽靈留在世間。因此，變成幽靈的大多都是年紀輕輕就去世，或是遇上意外而喪命的人。此外，消除內心的「遺憾」後，幽靈便會從這個世上消失。我們雖不清楚他們究竟是去了另一個世界還是完全消失，總之他們身為幽靈的「存在」會不見。人們把這個狀況稱為「成佛」。

在國外似乎發生了各種宗教上的問題，不過在日本因為日本人獨有的寬容宗教觀，人們沒有什麼排斥，很自然地就接受「超渡成佛」這個用詞。

至於沒能消除遺憾、順利成佛的幽靈又會變成什麼呢？有人說會變成惡靈危害世界，也有人說會變成被眾人遺忘的靈體與自然合為一體。簡單來說，人們花了二十年還是弄不清楚這部分的詳情。

因此，「請幫我成佛」的意思幾乎等同於「請幫我消除遺憾」。

「咦？」

「啥？」

「耶？」

這三人發出跟剛剛一樣的驚訝聲音。瀧尾看到被排除在外的我，慌忙幫我翻譯。

「她說：『我其實還不是很清楚。』」

「不是很清楚……究竟是怎麼一回事？」

月見里同學歪著頭表達自己的困惑。

接著，三個人像是驚訝過度般，露出不知該如何反應的表情全身僵住。

「喂，瀧尾。到底發生什麼事了？」

「……啊，抱歉。」

在我的催促下，瀧尾先搖搖頭轉換心情後才繼續說：

「『我沒有生前的記憶。根本不知道為什麼變成幽靈……』她是這樣說的。」

「咦……？」

到底是怎麼回事？

「沒有記憶……所以是失憶嗎？幽靈也會失憶？」

現場沒有任何人能夠回答麗華學姊的問題。

「呃……我們稍微整理一下狀況。」

不知不覺中成為會議主持人的麗華學姊揉著眉頭表示。

「詩織妳已經去世三個月，而任何生前的記憶，甚至連自己的姓氏都想不起來，沒錯吧？」

學姊將視線往空座位望去，接著大概是得到回應而點了點頭。

「所以妳才會不知道自己的『遺憾』究竟是什麼，對吧……」

「能當做線索的，似乎就是小鳥遊同學拍的照片吧。」

月見里同學像是要確認現況般，緩緩接話。

「她說看到小鳥遊的照片時有種很懷念的感覺，才會想說：『這說不定跟我的遺憾有關……』」

「等一下，這不管怎麼看都未免太牽強了吧？」

真要說起來，我連有失憶症的人類都沒遇過，幽靈失憶這種事，怎麼想都只覺得是很爛的笑話。

「嗯～～好啦，總之你就帶她去拍攝這張照片的地方看看吧？」

「請不要把事情講得那麼簡單好嗎？」

又不是去便利商店買便當。

「還好吧，又不遠，可以當天來回。」

「是這樣沒錯啦……」

「不錯耶，小鳥遊，你就帶她去吧。」

「瀧尾？」

摯友意料之外的背叛，讓我瞪大眼睛。

「反正來回不過四小時左右吧？明天正好星期日……啊，還是說他明天也有排班？」

瀧尾最後那句是向麗華學姊提出的詢問。只見學姊乾脆地搖頭——

「沒問題。反正應該也不會有客人來，我會把事情搞定的。」

完全無視我的意見，事情不斷往下發展。

「月、月見里同學……」

「啊哈哈，你加油嘍。」

畢竟月見里同學相當怕生，要她阻止初次見面就失控的麗華學姊，實在太為難她了。

「那麼，小鳥遊，你意下如何？」

面對瀧尾那充滿惡意的詢問，我抓了抓頭。

「啊，好啦！知道啦！我幫忙總行了吧，幫就幫！」

現在回想起來，正因為當時的這段對話，後續才會變得一發不可收拾。

＊＊＊

「……所以說，為什麼事情會變成這樣啊？」

我抱著前所未有的疲憊感仰望自己的家，同時對空無一人的地方寂寥地喃喃自語。

不，並不是空無一人，名為「詩織」的幽靈應該就在那裡。

故事要回溯到大約一個半小時前——正式決定要去海邊之後不久。

「這麼說來，既然失去記憶，那妳現在住在哪裡？」

聽到瀧尾提出的問題後，幽靈「詩織」語帶猶豫說出的答案似乎是：「在、在外流浪……啊哈哈哈。」

「詩織」的回應讓眾人全都吃了一驚，接著狀況突然變成要幫她找住處。據說她在死後的這三個月內，一直住在公園之類的地方。這幽靈未免太豪放了。

「這樣實在太危險了！」

月見里同學做出了這個年紀的女孩子該有的擔心反應，其他人也不可能反駁。

「那來我家……」

「駁回！」

瀧尾興奮地舉手表示，卻立刻被麗華學姊打斷。

「你打算帶她去自己家做奇怪的事情吧！」

「麗華學姊，就算是瀧尾也不可能有辦法對幽靈出手吧。」

我語帶驚訝地說道，然而有所反應的卻是瀧尾本人。

「啊……這麼說也是呢。果然還是交給別人吧。」

「你真的打算出手？」

我這個朋友還是老樣子。

「囉唆，我不想被面對這種美女卻無法出手的傢伙說教……」

「瀧尾小弟？」

「對不起……」

瀧尾再度被麗華學姊擊沉。

「嗯……抱歉，我那邊應該沒辦法……」

月見里同學語帶歉意地說道。畢竟她住宿舍，還有室友。月見里同學又是那種不會拒絕別人的類型，要她帶幽靈回去會讓她很為難吧。

「好吧，那就沒辦法了。小鳥遊小弟，你加油啊。」

「啥？」

人家常說對話就像傳接球，但我覺得這個人似乎無法分辨傳接球和躲避球的差別。

「從這一連串的發展來看，不是應該由麗華學姊負責照顧她嗎！」

「啊～～不可能不可能。我家亂到根本沒有地方可以走。」

「妳為什麼可以那麼乾脆地說出自己的祕密啊……」

我該從哪裡開始吐槽這名二十歲的女性才好。

「所以說，為什麼是來我家？」

「以消去法來說，這也沒辦法。」

原來還有如此隨意的消去法啊。

「而且也沒有那麼多能讓幽靈獨居的設施吧。結果還不是得跟別人同居。還是說，你想要為難月見里同學？」

聽到麗華學姊補上最後一句話，我卻沒有勇氣說出：「那妳不會忍耐一下！」

「啊，詩織小姐請不用擔心，這傢伙沒膽子做奇怪的事，而且他妹妹看得到喔。」

「瀧尾，可以不要把我跟你相提並論嗎？」

結果，事情變成我得把幽靈帶回家了。

「我回來了……」

「歡迎回來……哥哥，怎麼了嗎？你的臉色很糟耶？」

下定決心打開家門後，看見妹妹一臉擔心地出來迎接。今年剛升上國中三年級，與我相差四歲的妹妹，是個有著強勢眼神以及符合該印象之個性的女孩子。當哥哥的我這樣講是有點那個，但她真的長得滿漂亮的。至於身穿運動褲跟長袖T恤，邊用毛巾擦拭溼潤的頭髮邊走出來的模樣，以她的歲數來說，即便是在自己家裡也太沒戒心，這點讓我多少有些擔心。

「沒事……只是情緒上非常疲憊。」

「啊？」

想到接下來還有一堆煩心的事，我很節制地回覆。妹妹在聽到我回答的瞬間露出疑惑的表情，接著指著依然敞開的大門抱怨：

「等一下，既然人都進來了就把門關上……咦？」

我的妹妹能看見幽靈。

所以她肯定注意到那個在我後面戰戰兢兢……不，實際上究竟是如何我也不太清楚，總之準備走進我們家大門的那個沒見過的幽靈。

「哥哥，這位小姐是誰？」

話說在前面，我妹妹沒有特別不高興，只是有點驚訝而已。可愛的妹妹有戀兄情結之類的事情，就交給沒有瀧尾那種帥哥的世界負責吧。為了我這個在初次見到瀧尾時，雙眼完全變成愛心狀的妹妹，我暗下決心總有一天必須痛揍那個傢伙。

總而言之，連似乎偶爾會跟我妹聯絡的瀧尾，也不想向她說明這個狀況。畢竟，沒有親眼看到根本不會有人相信。

「啊……果然跟過來了。」

更正確的形容應該是「附身」——我其實有這麼想過，不過中途改變了念頭。

即使人們還不清楚整體構造究竟是如何，幽靈的確能夠搭乘交通工具。照理來說幽靈移動時明明就能直接穿透物體才對，但這據說是與「空間知覺(註5)」有關。雖然是老調重談，然而關於幽靈的生態……或者該說是「死態」還有太多人們尚未理解的部分。

所以說，幽靈搭乘電車跟我回家的確是辦得到的事。

「我看不到所以不是很確定，這位是詩織小姐，會在我們家暫住一段時間。」

「是、是喔……」

總之我先往「這個幽靈無害」的方向介紹，不過看到盯著「詩織小姐」（應該吧）的妹妹表情不斷改變，讓我很擔心「詩織小姐」是不是又說出什麼不得了的發言。畢竟她前科累累。

「妳好，我是昴的妹妹小夏。」

「那我們先上去二樓。」

我爬著樓梯的腳步比平時更加沉重。應該跟著我一起上樓的她究竟露出什麼樣的表情呢？更應該說，就這樣帶她來男生的家真的沒關係嗎？算了，反正也不會發生「被怎麼樣」的狀況啦。

註5：空間知覺是在三維空間中了解自己與空間事物之間的關係及其變化的能力。

接著，在樓梯口陷入短暫呆滯的妹妹先用少根筋的語氣說聲「請坐」，卻在下一個瞬間，彷彿世界末日來臨般大聲叫喊：

「暫住……一段時間？哥、哥哥竟然帶女孩子回家？」

妳驚訝的點是那個喔。

因為諸多原因，等我回過神時，我已經跟全家人圍在餐桌前面。

「來，詩織小姐請坐這邊喔。沒關係啦，不用那麼客氣。」

「……老媽，那我呢？」

「你就去那邊隨便找個地方坐啦。」

竟然還準備好紙箱了。

用大而化之來形容還算好聽，真要講起來，這算是幾乎快把腦袋丟掉的集團。多希望他們能關心一下頭痛中的兒子。

「哎呀真是的，這麼可愛的小姐竟然願意來我們家……所以什麼時候要舉行婚禮？」

看來我還是收回剛剛的話吧，一開口就失控的母親讓我不禁嘆了口氣。

「老媽，我已經說過很多次了，我們不是那種關係。更何況根本無法跟幽靈結婚。」

「那是因為我們國家法律的關係吧？沒問題的，只要去荷蘭就好。不久前才傳出第一對幽靈與人類的情侶正式結婚的消息。」

「要把我趕去國外？」

看來單純把我趕下餐桌已經無法滿足他們了。

記得荷蘭很早以前就開放同性結婚，在結婚的相關法令上也偏向寬鬆。但是我沒想到竟然寬鬆到連幽靈都算進去。

「哥哥……那可是很大的新聞耶，你怎麼會不知道？」

「跟我無關吧。」

「等等，你怎麼可以這樣講！」

無視老媽生氣的表情，我憂鬱地吃起不知何時端來的紅豆飯。

「我根本看不見幽靈，注意那種新聞也沒用。」

……這樣講可能有點太過分了。

在氣氛完全冷下來的餐桌前，只有小夏刻意用開朗的口吻說：

「真是的～～都是哥哥講出那麼過分的話，害詩織小姐哭出來了。」

妹妹似乎對於哥哥與自己「體質不同」一事有所愧疚，常常會有點擔心過度。在我對幾乎分不出誰年紀比較大一事感到不好意思的同時，也走下妹妹為我搭起的台階。

「即使妳這麼說我還是看不見啊。」

反而會覺得驚悚……沒事，對不起。

「所～以～說～不可以講這種話啦！真是的，絕對不會有第二個像詩織小姐這樣的美女出現在哥哥面前了！」

根據小夏所描述的內容，詩織似乎是一位「有著一頭漂亮黑髮，以及會讓人想問該怎麼保養才能擁有的白皙肌膚；臉龐小而精緻，除了胸部不夠有料之外身材非常好，總之是個破壞力超群的清純系美女」。我不得不默默地為自己的妹妹詞窮一事感到空虛。

「詩織小姐也沒有『出現』好嗎？」

「拜託，光是有奇特到會毫不猶豫跟著哥哥來我們家的女生，已經是奇蹟了。你沒有女友的時間等同年齡吧。」

我的太陽穴抽動了一下，這不完全是演技。

「聽好了，關於人是否能交到女友可不是數學歸納法喔？即使在第N年能夠成立，也不代表在第N＋1年也能夠成立啊。」

「不然要我用演繹法來證明給你看嗎？」

不愧是準備大考的學生，比我想像中還用功。我瞬間舉出的例子糟糕到極點。

「……妳沒有男友的時間也確實還在更新中吧。」

「唔……！你說了？你竟然說了？這句話可是在比人類出現還要早數兆年前，就已經訂為禁句了！」

「在宇宙誕生前的時間點是要由誰來訂啊！」

附帶一提，宇宙大約是在一百三十八億年前誕生的。

「你們都等一下。詩織小姐說『不要為我吵架』了。」

投出毛巾（註6）的是一直默默吃著紅豆飯的老爸。他平時總是被老媽的光芒蓋過，所以不太起眼，但其實他也相當奇葩，要不然才不會沒事模仿別人說話的語氣。

「好了好了，不要在吃飯時吵架啦。」

老媽邊享受著自己做的炸雞塊，邊開口表示：

「詩織小姐，雖然我們家很普通，不過妳就把這裡當自己的家吧。不過，妳的家人那邊沒關係嗎？」

「啊，等等……！」

太遲了。

註6：K1格鬥賽和拳擊賽中是用投出毛巾的動作來終止比賽（認輸）。

因為狀況太過混亂，我忘記跟家人講她失憶的事。

接著眾人開始聽她說了一段時間，總是過度聒噪的家人們也陷入沉默。我完全不清楚他們究竟談了些什麼，但是看到他們的表情逐漸變得陰沉，我也跟著擔心起來。

靈感異常的人不算多，況且在和其他人溝通時不會有什麼問題，所以需要翻譯的狀況也不多。即使讓幽靈參與社會的呼聲很高，不過目前也還只是剛起步而已。所以像我這種靈感異常的人們，都養成了主動觀察他人表情的習慣。

「……對不起，問了讓妳覺得不舒服的問題。」

聽見妹妹輕聲說出的話語後，「詩織小姐」肯定在搖頭吧。觀察三人的表情，不難看出她——那位「我其實看不見的她」表現得有多麼堅強。雖然我還不清楚她的樣貌，但是根據瀧尾所說，她有著「如同溼潤羽毛的黑髮、玫瑰色的嘴唇，彷彿透明寶石的肌膚」……不對吧，她的身體本來就是半透明。把不必要的動搖當成一場笑話，我將杯中的果汁喝光，接著有些粗暴地放下杯子並發出噪音。

「老媽，妳不是常說不要隨便刺探別人的私事嗎？幽靈也有幽靈的過去啊。如果要用面對人類態度面對幽靈，至少也要用同等的禮儀對待人家吧。」

我肯定是鬼迷心竅，竟然會為了對自己而言根本不存在的幽靈，講出這種像是在維護她的話。加上後來我又小聲地補上一句「雖然與我無關」，不禁對找藉口的自己感到厭惡。

妹妹聽完我的發言後，表情先是有些訝異，接著露出惡作劇般的笑容，從桌前探出身子戳了我一下。

「哥哥你偶爾也會說出好話呢。」

「什麼偶爾啊，我的發言一直都有深遠的意義。」

「也對，都很陰沉。」

「不是『深淵』（註7）好嗎，給我好好學習同音異字！」

雙親面露苦笑，看著我們兄妹鬥嘴。接著，老爸露出安穩的笑容開口：

「她說『昴同學好溫柔』呢。」

老爸，你幫我翻譯我是很高興啦——

但是用老爸的聲音講出女性用語，實在有點噁心。

我看不見幽靈，也聽不見幽靈說話。

所以，即使周圍的人都說有幽靈在那裡，我也沒有任何現實感。反而是無幽靈時代

註7：深遠的日文發音跟深淵類似，深不見底之意，小夏刻意將深不見底當成陰沉。

的小說和電影感覺更接近自己。

說不定，這其實只是大家聯合起來在耍我。

其實根本沒有人能看見幽靈，只是聯合起來假裝看得見而已。總有一天在某個地方會有某個人突然舉著牌子出現在我面前，說出「整人活動大成功」之類的話。

我也知道這種事不可能，但還是如此期望著，只是希望自己至少能接受每次一醒來就覺得失望的情況。

我很清楚，這就是現實，而我只能生活在這裡，生活在這個認為幽靈的存在理所當然的世界。

然而，我依然無法完全捨棄想求救的心情，而我也只能對這樣的自己苦笑。

就這樣，我跟她的關係拉開序幕。

＊＊＊

「小鳥遊同學，你似乎很疲倦？」

「……不，其實還好。」

隔天。雖然我並不恨隔著電車車窗看見的臨海城市，卻一直忍不住講出類似詛咒的話語。

最終，我還是無法拒絕麗華學姊，不得不帶著那位「詩織小姐」前往拍照地點。

從自家過去單趟要花兩個半小時，再加上方向跟月票相反，車錢貴到爆表，特急券（註8）什麼的根本想都不敢想，於是變成搭在來線（註9）慢慢晃過去的小旅行。

重點是，我為什麼非得跟幽靈扯上關係不可？

我昨天也如此反駁——

「哎呀，要讓我開後宮也無所謂喔？」

卻得到瀧尾玩笑般回應。

「小鳥遊同學不在，我們找不到地點。」

月見里同學一臉困擾地說著。

「覺悟吧，少年。」

麗華學姊則不知為何看上去相當高興。

最後事情就變成了這樣。

註8：也就是「特別急行券」，在日本搭乘特快列車時，除了基本的車票外需要另外購買的票券。

註9：是指新幹線之外的國鐵、JR路線。用來將使用窄軌的既有路線和使用標準軌的新幹線做區隔的用詞。

「我想回家……」

原本看著風景小聲歡呼著的月見里同學突然轉頭面向我。大概是聽到我說的話吧，只見她困惑地眉頭深鎖。

「不可以說這種話啦。」

「……我喜歡的攝影師快出攝影集了，這樣來回很花錢耶。」

「原來是這樣啊。」

我一說完，月見里同學就露出理解的表情點頭。

「能申請社團經費來補貼車資嗎？畢竟這也算是跟社團有關的活動。」

「誰知道呢……」

隨著電車的搖晃，我突然懷念起發生異變前的平凡生活。

——在這個時間點，我還天真地以為能立刻回到那種平凡的生活呢。

我們依瀧尾、我、空位、月見里同學的順序坐成一橫排。彷彿只有那裡是另一個世界般，隔開一人份的空位。

『再過不久——』

電車廣播聲傳來，我們即將抵達目的地。

我們抵達的地方是臨海的溫泉區。雖然是非常有名的觀光勝地，但大概是因為季節的關係，不像印象中那樣擠滿人潮。

空氣中混雜著海水的味道。明明離夏天還有一段時間，卻還是出了些汗。會變成這樣，身上的行李應該也是原因之一吧。

「你就算不那樣全副武裝也無妨吧……」

「囉唆！難得來一趟這種地方，要是不拍點東西再回去不就虧大了。」

正當我在檢查從電車上扛下來的攝影器材時，好奇地四處亂晃的月見里同學也回來了。她興奮的模樣令人想到搖著尾巴的小型犬——像是吉娃娃或貴賓狗之類的。

「詩織，如何？妳對這附近有印象嗎？」

大概是沒有得到好答案吧，月見里同學不斷改變的表情這次轉為失望。

「……是嗎，果然沒那麼簡單啊。」

「小鳥遊，總之我們先去拍這張照片的地點吧。」

一身輕便的瀧尾邊調整耳機位置邊說道。雖然他不是那種跟朋友一起行動時，會聽音樂進入自己世界的類型，但若是不戴著似乎冷靜不下來。

點頭同意瀧尾的提議後，我帶頭邁步走了出去。

就算一行人東拉西扯地走向目的地，可是我最基本的疑惑依舊沒有解決。這個疑惑就是，大家到底是不是聯合起來耍我？幽靈「詩織小姐」是否真的存在？我究竟是為了誰，打算做些什麼事呢？

穿過閘門走入街道後，迎接我們的是跟我在幾個月前獨自拜訪時相同的氛圍。站前圓環周邊與都心相比，講難聽一點是有些寂寥，講好聽一點則是留有懷舊風情。在商店街上並排的伴手禮專賣店陳列著充滿溫泉區氣氛的商品，從當地名產到幾年前流行過的吉祥物商品，應有盡有。

「嗚哇，這未免太令人懷念了。」

看到排列在店門口的戰隊人偶，瀧尾發出了歡呼。跟在他身旁的月見里同學也四處張望著。

「你們是來旅行的嗎？」

一副快要睡著模樣，坐在椅子上顧店的老奶奶向我們搭話，我們則派出瀧尾負責應對。

「嗯，差不多是這樣。多多少少是來找人。」

「是喔。」

「來找跟她長得很像的女孩子，請問您有見過嗎？」

瀧尾邊說邊往我跟月見里同學中間指。「詩織小姐」應該在那裡吧。

的確，與其突然講出失憶這種事，用尋人的名義衝擊性比較小。

老婆婆嘟著嘴瞇起眼睛，接著慢慢搖了搖頭。

「我沒有見過呢。如果是這麼漂亮的孩子，只要看過我才不會忘記呢。」

向呵呵笑著的老婆婆道謝後，我們繼續往海邊走去。

「小鳥遊，詩織小姐現在高興到『嘿嘿嘿～～』地小跳步喔。」

「……為什麼要跟我說這個？」

「嗯，總之想跟你說。」

「等、等一下啦，詩織！」

在我們前方不遠處，月見里同學邊說邊小跑步起來。往她跑的方向看去，發現前面似乎是一間賣日式饅頭的店家。

附帶一提，雖然昨天「詩織小姐」也跟我們一起坐在餐桌前面，然而幽靈無法動手拿起食物，也沒辦法咀嚼。說到底，不過是單純的「感覺問題」。真要說的話，幽靈存在本身也可以算是一種「感覺問題」。

不過對於被折騰的一方而言，完全是種麻煩事。

指回答：

「……我說，不是要去海邊嗎？」

我毫不掩飾不耐地說道。瀧尾卻擺出一臉「這你就不懂了」的表情，搖搖豎起的食

「畢竟我們不清楚哪裡可以喚醒她的記憶，她有興趣的事情就讓她做好啦。」

「所以，你的真心話是？」

「機會難得，我想享受跟女孩子旅行的感覺。」

「我就知道是這樣。」

我和瀧尾邊聽著月見里同學從遠處傳來的哀號，邊走過去。看來這位名叫詩織的女孩子，似乎有著相當難搞的個性。

一下跑這裡、一下去那邊，耗費了不少時光，等我們順著坡道向下走時，海風增強了。走過旅館林立的道路爬上階梯後，視野瞬間開闊起來。

反射著日光的蔚藍大海。

站在高台上的我們，對著這景象發出讚嘆。四處都有人工的痕跡，實在很難說這個地方維持著自然的景色，連我們所在的高台也不是自然地形，而是人工的防洪設施，遠處還能看到用來阻擋大浪的消波塊。即使如此，這片景色依然擁有打動人心的力量。

果然是因為季節不對嗎？除了我們之外幾乎不見人影，只有遠處的長椅上坐著一位

有點年紀的男性。

靠著朦朧的記憶，我用雙手的拇指和食指合出長方形，確認著切割出來的景色。過沒多久，「詩織小姐」似乎開口表示：「真令人懷念。」而我同時也找到與照片相同的地點了。

「應該是在這附近吧。」

隨著我的話語，月見里同學和瀧尾一同往那裡望去。我看不見的「詩織小姐」，究竟會在那個地點回想起什麼呢？

沉默在我們之間飄盪了一段時間，只有吹過的海風告知時間的流逝。最終，月見里同學和瀧尾的表情沉了下來，我也察覺到他們比我早一步聽到結論了——恐怕不是什麼好消息。

「是嗎……嗯，也是會有這種狀況的。不可以沮喪喔？」

毫不意外地，月見里同學露出藏不住失落的笑容說道。無論遇上什麼事都先擺出笑容這點，實在很有她的風格。

不需要特別翻譯，我也明白事情的發展似乎不太順利。雖說我有預想過會是這樣的結果就是了。

抱著不實際的感覺，我望著正在互相安慰的「三個人」。

大概是「詩織小姐」想改變氣氛，說了什麼有趣的事情吧，兩個人的表情從苦笑變成溫暖的微笑。瀧尾轉過頭來準備翻譯給我聽，我卻在他開口前移開目光。

我的內心深處五味雜陳，卻無法分辨究竟是悔恨、焦慮，還是其他完全不同的情感。

「那就沒辦法了。既然機會難得，稍微觀光一下吧。附近有間爵士咖啡廳呢！」

像是要甩開沉重的氣氛般，瀧尾刻意講出這番話。

這時——

「不好意思，能打擾一下嗎？」

我們朝聲音傳來的方向轉過身去。

先前看到的那位男性在不知不覺間朝我們的方向走來，他臉上掛著平靜的微笑。跟遠眺時給人的印象差不多，是位年齡差不多已經退休，或開始倒數等退休的初老男性。為了遮陽所戴的帽子陰影下，雙眼透著柔和卻又帶點陰暗的光芒。

「如果方便的話，能請你幫我拍張相嗎……」

「沒問題……是要替您拍張照片嗎？」

這出乎意料的詢問，讓瀧尾意外地歪了歪頭。

很久以前，旅行時請附近的人幫忙拍照似乎是人人都有的習慣。然而，現今卻是聽到「紀念照片」就會有人皺眉的時代。

「因為那一位拿著相當棒的攝影器材呢。」

「……？不是要用您自己的相機嗎？」

這真是神奇的狀況。如果用別人的相機拍照，之後可沒辦法再看到那張照片。面對滿臉驚訝的我們，這位男性卻點頭表示那就是他要的。

「我不打算留下照片，重點在於拍攝這個瞬間的照片而已。」

男子說到這裡之後，先是一度停止不語。

「拜託你了。能幫『我們』留下最後的回憶嗎？」

這句話讓我總算弄清楚現況。這裡有一個恐怕只有我沒能理解的事實。

還有另一個「人」在場。

「為了讓妻子順利成佛，我們在最後過來看看這片令人懷念的大海……但還是不行。她無論如何，都希望能在最後留下一個回憶。雖說要各位配合我這任性的妻子實在是很不好意思，但我們想像以前一樣，拍一張相片試試看。」

男子用溫柔的眼神望向那位我所看不見的、似乎是他的妻子的「幽靈」後，以自嘲的語氣如此說道。

「但是夫人她……」

「嗯，拍不出來。」

即便瀧尾說出了不該說的事實，男子卻沒有生氣，只是平靜地點點頭。

「不過，這真的不是重點。只要能共有這最後的時光、回憶的瞬間，留下這段重要的回憶就好了。」

這麼一來妻子就能成佛，我也能活下去——直到某一天離世成佛。

聽出男子的言外之意，我無言地取出心愛的相機。

＊　＊　＊

幫男子與應該是站在那裡的幽靈拍完照後，我們離開了那個地方。

關於他的妻子是否有順利成佛，我自然無法看見。不過從男子鬆了口氣的笑容，以及對我們幾個年輕人低頭道謝時的表情來看，我想應該是不用擔心。

回程的電車上，隨著電車搖晃，我們並排而坐。空曠的車廂內，對面的窗戶映著我們的身影。

「沒想到小鳥遊拍的照片竟然能辦到那種事。」

瀧尾用有些興奮的聲音說著，月見里同學也點頭同意。

「照這樣下去，詩織應該也很快就能成佛了。」

無視興奮的朋友們，我按下數位相機的播放鈕，找出只拍出那名男子的照片。相隔許久，恐怕是相隔十幾年再度拍照，男性的表情有些緊張。而他的妻子應該就在他往旁邊伸出手臂、做出懷抱動作的位置上吧。

「怎麼了，小鳥遊你高興一點嘛！」

瀧尾拍了一下我的肩膀。

「啊，嗯……」

說真的，我沒什麼真實的感受。

看不見幽靈的我讓幽靈成佛了。明明整件事只是如此，然而因為太超脫現實，讓我完全摸不著頭緒。

瀧尾和月見里同學的喜悅，對我來說像是發生在另一個世界的事情。

看著這樣的我，瀧尾的臉先沉下來，接著突然轉為吃驚的表情。

「……啊、啊啊，嗯。」

等瀧尾再次把視線移到我身上時，他的眼神中透著理解以及滿足的神情。在他遞過來的手機畫面中，顯示著這段文字：

『謝謝。』

「……突然寫這個是怎樣？」

「這是詩織小姐的傳話。」

「咦？」

坐法與去程時的電車相同。我下意識轉頭往月見里同學跟我之間的空位看去。然而我的視線卻穿過空位，只看到月見里同學露出的微笑。

「她說『謝謝你幫那個人成佛』呢……」

「……為什麼詩織小姐要為了這種事道謝呢？」

妳們之間的連接點只有「都是幽靈」吧？在生前肯定沒有見過，即使真的見過，也不記得彼此。

不知為何，這句無意義的道謝，靜靜地在我的內心渲染開來。

我從很久以前就喜歡上攝影。其原因是照片中不會拍出幽靈。

這是我的世界。為了證明這就是世界該有的樣子，我不斷拍攝著照片。刻意拍攝可能有幽靈的地點，以「證明」那裡沒有幽靈。這或許是我對無法改變的現實所做出的叛逆行為。

曾幾何時，我厭倦了這樣的自己，接受了這個有幽靈存在的世界，卻不知為何依然握著相機。在我內心中肯定還留著殘渣吧。

所以，要說我在那天所做的事情——

「……偶爾拍拍風景以外的事物也不錯呢。」

聽完我說的話後，瀧尾和月見里同學都露出苦笑，說不定我看不見的「詩織小姐」也是。

我的視線重新回到照片上。露出笑容的男子，以及應該在他身旁的妻子。總覺得這一次，我似乎也能看見在那之後發生的事情。

短暫地望著那張照片後，我很乾脆地按下刪除鍵。

因為我認為，這張照片應該僅存於他的內心當中。

■家族、謊言與我的照片

這是發生在我國中二年級秋天的事情。

那天淅淅瀝瀝下著雨，說成是讓人憂鬱的天氣或許比較好懂。基本上我本來就不喜歡這種天氣，但在那一天過後，我對雨天更加厭惡了。

前一天晚上身體出狀況的我，沒有換上睡衣，而是穿著成套的運動服躺臥在房間床上。

在我醒來的瞬間，第一個感覺到的是喉嚨很乾。喉嚨深處刺痛著，很不舒服。

想說燒退得差不多了，我撐著床邊站起身來，扶著牆壁走出房間。

雖然有想過請母親幫忙，但喉嚨痛讓我不想大聲說話。沒別的辦法，只能自己去倒水時——

「太好了……！」

母親那感動至極的聲音，伴隨著不好的預感敲響我的鼓膜。

聲音從樓下客廳傳來。

「太好了……這孩子沒問題。」

「太好了，真的太好了……！」

伴隨母親的聲音之後，父親的聲音跟著傳來。

為什麼這個時間父親會在家呢？

「媽媽，怎麼了嗎？」

是妹妹的聲音。看來她從學校回來了，但是聲音不知為何有些模糊。

「媽媽，好痛喔……」

「真的是……太好了……」

母親的聲音中混著哭音。當時還是孩子的我，樂天地想著應該發生了什麼很好的事情吧——

直到幾秒鐘之後。

「太好了！這孩子能夠看到幽靈！」

我的眼前變得一片黑暗，甚至有種天與地反轉的感覺。

我的腳步，在即將能看見客廳的地方停了下來。

如果當時我能夠再往前跨出一步……

可能就不用聽見那句決定性的話語了。

「這孩子是普通的孩子呢……！」

——「這孩子」。

我聽見「咚」的聲響。

然而卻在一段時間後，才注意到那是因為自己站不穩，膝蓋用力撞上地板的聲音。

大概是注意到聲響，母親從客廳飛奔出來，看到我後表情整個僵住。

「昴，那、那個……」

在把話聽到最後之前，我已經轉身跑上階梯了。

「昴！昴！把門打開！」

敲門聲傳了過來。

我父母都是很在乎隱私的人，所以在給我自己的房間後，立刻裝了門鎖。我牢牢鎖上門後，跳進床鋪、拉上棉被、摀住耳朵。

「昴！拜託你！」

騙子。

騙子騙子騙子。

「騙子！」

我的慘叫聲讓母親的手停了下來。周遭陷入足以讓人不舒服的寂靜。

母親總是這樣對我說。自從母親知道我的眼睛和耳朵無法察覺幽靈的存在後，帶著我去了無數的醫院和研究所，也請教了無數的專家，依然沒有效果。但母親總是這樣告訴我——

「雖然看不見幽靈，但是你跟普通的孩子一樣。」

「就算聽不見幽靈的聲音，你也是我們最寶貝的孩子喔。」

結果卻——

「騙子！」

我是在發生這件事不久後，開始將攝影當成「沒有幽靈的世界」的救贖，一頭栽了進去。

第二話　想消失的少女與看不見的思念

結果我的星期天就這樣過完了。想起再過不久得交的棘手報告，只好在隔天上完課後窩進大學的圖書館。

明明離考試還有一段時間，自習室的座位卻將近八成坐滿。之前聽麗華學姊唉聲嘆氣，看來坐在這裡的人大部分是念書量較大的法律系學生吧。我也曾耳聞有人似乎從一年級就開始雙主修。同樣身為大學生，在感覺上可能有著天壤之別。

「總覺得人比想像中還多呢。」

似乎跟我想著同一件事，坐在旁邊的月見里同學小聲地在我耳邊說道。身為同班同學的她，似乎也深受同一份報告所苦，於是我們雙方都同意發揮互相幫助的精神。淡褐色的大波浪捲髮輕輕搖擺，洗髮精的淡淡香氣隨之飄盪，令我心跳加速。

在不知不覺間移動視線……或者該說是移開鼻子的我，有意無意地往窗戶望去。從外面灑落的陽光令人身心舒暢。畢竟快到梅雨季了，像這樣的柔和陽光會越來越少見，之後將會轉變成毒辣的烈陽吧。

學。

「是啊。」

我抱持類似感傷的心情，感覺有些想睡覺，遲了一段時間後輕輕點頭回應月見里同

月見里同學稍微看看四周後，也不知道有沒有察覺我的心情，總之她又稍稍往我這邊靠了過來繼續說著：

「詩織的狀況如何？」

看來這才是她真正想問的事情。

「嗯……大概很失落吧？我有看到小夏在安慰她。」

不知該不該說是「如我所料」，但讓「詩織小姐」成佛的作戰計畫徹底失敗。她目前仍然過著幽靈生活，也依舊住在我家。從家人的反應來判斷，她似乎對於無法成佛一事相當沮喪。

「是嗎……」

月見里同學邊說邊跟著消沉起來。不太會拿捏與他人之間距離的她，居然如此在意某個特定的人，算是很稀奇的狀況。

當下我覺得應該要說些什麼安慰月見里同學，即便很沒內容，我還是開口對她說道：

「我不覺得記憶能那麼簡單恢復啦。」

畢竟是用「覺得那張照片很懷念」這個模糊的理由來決定目的地，所以有可能單純是她搞錯，再不就是別的地方才是正確答案。雖說是在周圍的壓力下才陪她走這一趟，但以我來說算是做得不錯了。

月見里同學用帶有強烈意志的眼神看向我。

「哎，你覺得下一次該怎麼辦？」

「下一次？」

「沒錯，下一次。」

「下一次是指什麼？」

「下一次就是下一次啊，為了讓詩織成佛的作戰計畫。」

「我把該做的事都做完啦，這件事已經與我無關了。」

「怎麼這樣……啊！」

忍不住提高音量的月見里同學，注意到周圍冰冷視線後閉上嘴巴。只見她不服氣地嘟起嘴瞪我一眼，接著把視線拉回筆記型電腦上。我則是聳了聳肩。

總之，我已經完成能力範圍內能做的事了。雖然對於沒能幫上忙感到有些抱歉，然而我對這件事實在無能為力。之後的事與我無關——雖然這樣講很沒有責任感，不過比起硬要打腫臉充胖子來得好多了。

真要說起來，我會跟幽靈扯上關係才是最不可思議的事。

在我邊這麼想著，邊將視線拉回手邊，準備再度開始撰寫進度落後的報告時——

四周突然騷動了起來。

不知為何，周圍所有人的視線全都看向我身後那扇開著的窗戶。

「怎、怎麼了？」「為什麼從窗戶？」「這裡是二樓耶？」

——「從」窗戶？

在我的眼中，就只有看到隨著微風吹拂輕輕晃動的綠色窗簾而已。

……我真的很恨自己判別現狀的能力，在這情況下竟能理解現在所發生的事情。

「我說啊，月見里同學。」

「嗯。」

月見里同學露出「受夠了」的表情用手撐著額頭，邊開口回應我。

「是不是有幽靈從窗戶爬進來？」

「畢竟大門關著，所以她沒辦法從那裡進來。」

我覺得問題不在那裡。

接著，周圍的人們全部集中看向我前方的空曠處。

短暫的寂靜。

所有人都屏息凝視著現在的狀況吧。只有身為當事者的我，根本不知道究竟發生什麼事。好啦，其實我能夠想像得出來，所以才會覺得自己是「當事者」。

「……月見里同學，跟我來一下。」

「咦？小、小鳥遊同學？」

抓住坐在旁邊的女孩子的手腕，我急急忙忙從位置上站起身來。圖書館員大喊「不要奔跑」的聲音，以及學生們嘈雜的私語從後面接連傳來，讓我幾乎要發出慘叫。

看來安寧的日子與我之間的距離，似乎比想像中還要遙遠。

＊＊＊

把月見里同學帶離圖書館後，我一路拉著她走到設置在校舍旁邊的長椅，才總算放開她纖細的手臂。

在幾乎全新的校舍旁邊，設置了一個古老的噴水池。學校應該是預想要把這裡當成讓學生休息的地方，於是在一塊隆起的空地擺設長椅，另外也有草地可以躺。然而這裡距離福利社、餐廳等設施太遠，根本沒有多少人使用。但對於我這種討厭人群的學生來說，卻是求之不得的好地方。

「那、那個啊，小鳥遊同學，被你這樣強硬地拉著走我是不討厭啦，但人家需要做一些心理準備。」

坐在長椅上的月見里同學低著頭，雙手食指不停互戳並小聲地碎念著。

然而我的內心根本沒有餘力在乎那些事，所以立刻進入正題。

「那個叫詩織的幽靈有跟來對吧？」

「咦？嗯，有跟過來喔。」

月見里同學抬起頭來，不解地移動了視線。

「月見里同學，這樣把妳帶出來真的很不好意思，但是能麻煩妳幫我翻譯嗎？」

「咦？啊，嗯。要翻譯嘛，翻譯。對，嗯，果然是這樣。」

月見里同學似乎冷冷地笑了一下。我一邊覺得她的樣子好像有點不太對勁，一邊朝應該是那位「詩織小姐」所在的地方轉過身去。

「所以她剛剛說了什麼？」

「嗯、嗯。這個嘛……」

◇

『找到了……！』

詩織小姐衝到我的面前，雙手放在膝蓋上劇烈喘息。身為幽靈應該不會感受到肉體上的疲憊，或許她是焦急到無法注意到這點吧。

先猶豫了一段時間後，詩織小姐重新站好並露出痛苦的表情朝著我低頭。

『拜託你，請讓我成佛吧！雖然我想了很多，卻完全想不到別的方法……我只能寄望你，寄望你拍的照片了！』

◇

的確，我有說過要幫她。但就算我有說過，這件事也應該結束了才對。

「明明就有一大堆比我更值得信賴的人，妳去找別人啦。」

我冷淡地對月見里同學說完，她露出彷彿是自己遭拒般的受傷表情。坐立難安的感覺悄悄爬上我的背後。月見里同學先是朝詩織小姐所在的方向偷瞄了幾眼，接著開口說道：

「……你就幫幫她嘛。」

月見里同學望向我的眼神中沒有責備，只有類似懇求的光芒。

我搖了搖頭。

「如果是只有我才能完成的事情，我會幫忙。但是現況並非如此吧？」

更何況要為幽靈做些什麼，我反而會礙手礙腳。如果能夠不需要我插手就可以解決，我自然不想跟這件事扯上關係。

「展覽已經結束了，想要那張照片的話就送妳。要繼續待在我家我也不在意。」

我也知道自己是在賭氣，但我應該沒有說錯話才對。在被類似自我警戒的情緒綁住的同時，我準備轉身離開那個地方。

「小鳥遊同學……」

先聽到有人用悲痛的聲音喊著我的姓氏，接著在短短的一瞬間後，我襯衫的袖子被用力拉住。

一轉身，看到彷彿已經沒有退路的月見里同學。她先保持了一下低著頭的姿勢，接著像做好覺悟般抬起頭面向我。

「小鳥遊同學！詩織她是真的非常困擾，請你幫幫她嘛！」

看到平時穩重的月見里同學強硬地拜託，真的讓我大吃一驚，下意識將視線從激動的她身上移開。

「……所以說，我不是已經幫了嗎？」

「是這樣沒錯，但是！」

月見里同學那拚命的模樣，讓人覺得她是個「好孩子」。能夠自然地想著要為別人努力的那份心情，真的很美好。

以客觀的角度來看，我現在應該是個非常過分的傢伙。

「抱歉。」

我盡量不那麼粗暴地掙脫月見里同學的手。那隻比我想像中還要嬌小的手掌沒有繼續追上來。

「小鳥遊同學……」

這次我確實往圖書館的方向走。一想到回去後要面對的周圍反應，不禁憂鬱起來。

＊　＊　＊

「小鳥遊同學，你怎麼啦？感覺很沒精神？」

幾天後，我被打工地點的所長如此問道。

為了賺取零用錢兼學習為人處事，我在離大學幾站距離的補習班打工擔任講師。是以國小、國中學生為對象的大型連鎖補習班其中一間分校。

這個補習班原本是麗華學姊打工的地方。她在升上三年級後，似乎因為課業比先前更加忙碌，介紹我來遞補她的空缺後，辭掉這份工作。事實上，我聽朋友說這裡的時薪比行情價還高，目前也跟裡面的員工以及同樣來打工的前輩們相處得還不錯。

我在供老師上課前備課用的講師休息室裡，整理準備要發放的講義時，似乎不知從何時起一直不斷嘆氣。所長左手拿著裝咖啡的馬克杯，右手撫摸尖尖的下巴，臉上露出擔心的表情。

「不，我沒事。」

「是嗎？好啦，如果真的有什麼麻煩可以來找我聊聊。除了要提高時薪之外都行喔。」

「……特地先預設防線實在很小氣耶。」

「無論如何，在孩子們面前要記得露出笑容。」

這麼說完，所長露出與其說受孩子們喜愛，不如說更受母親們歡迎的笑容。不愧是年紀輕輕就被委任管理一間補習班的男人，身穿西裝的模樣透著幹練男性的氣息。

看了看這樣的所長，再回頭重新看著自己彆扭的西裝打扮，確實讓我有些難過。算了，畢竟我跟這位所長在資歷上完全不同。話雖如此，另一個與我同期進來打工的人，卻也非常適合穿西裝，真令人嫉妒。

正當我這麼想著的時候，那位同期就走了過來。

「你不是遇上了相當有趣的事情嗎，小鳥遊。」

「我可是一點都不覺得有趣啊。」

那個露出賊笑，一副彷彿通曉一切的人正是瀧尾。其實這傢伙就是跟我同期進來打工的人。畢竟我不想大肆宣揚自己看不見幽靈的事，所以有個知道狀況的人在身旁實在很值得慶幸。

對於這點我的確感到很慶幸沒錯，不過有位女性前輩聽到我們國中、高中、大學以及打工地點全都一樣後，經常會露出不知道期待什麼的眼神看著我們。說真的希望她別再這麼做了。

「我接到月見里同學的聯絡了，你不能對女孩子好一點嗎？」

「但是我繼續插手下去也沒有意義吧。」

說實話，被第三者這樣從旁勸說讓我很困擾，加上我對無情拒絕月見里同學一事有自覺，這股感覺也就更為強烈。其實我也覺得這根本只是藉口，但是等回過神時，話已經說出口了。

「那可是來自女孩子的委託耶，身為男人不是應該努力回應嗎？」

「我沒有說與我無關，只是說我已經做完自己所能做的事了。要是你們還想著要我做更多，我會很困擾。」

「……是啦，不勉強自己做辦不到的事，可以算是你的優點吧。」

說完這句內含深意的話語，瀧尾往擺放教材的櫃子走去。與我的對話彷彿是到此為止般，他稍稍改變了語氣向所長搭話：

「對了所長，關於之前提到的個別指導啊。」

「啊啊，那真是幫了大忙。畢竟那孩子似乎有不少隱情呢。」

無視那兩人的對話，我說了句「好」讓自己提起幹勁後，將整疊的講義重新在桌上整理好，起身走向教室。

開始做這份工作前，我曾擔心自己是否有辦法面對小學生。經過兩個月後，多少算是進入狀況，也習慣被叫「老師」了。我邊看著十名左右的小學生一臉認真地盯著講義，邊想著這件事。

這是間在習慣大學教室後，會讓人覺得非常狹窄的教室。由於這間校舍才開沒幾年，桌椅和講桌都還很新。狹長的教室最後方擺設了書櫃，裡頭整齊地排滿適合兒童閱讀的圖鑑等書籍。

「好，還有十分鐘。」

我看了看用磁鐵吸附在白板上的馬表，開口對學生們說道。眼見坐在最前列的學生加快了動筆速度，我偷偷露出微笑。

狀況就在這時發生。

「老師，有人站在教室外面？」

抬頭打算確認馬表時間的其中一名學生，突然如此說道。

「咦？」

想說應該是所長過來視察，於是我往門上的窗戶望去，然而那裡空無一人。唯一看到的，只有張貼在補習班的走廊上，寫著「本月優秀榜單」的海報。

「沒有人啊……」

「咦～～明明就有～～」

我原本想說這應該是孩子們常開的玩笑，但狀況似乎不太對勁。

是有誰躲在那裡嗎？如果有奇怪的人混進校舍那事情就嚴重了。我緊張地嚥下口水，刻意往門口跨了一大步。

喀啦一聲把門打開。

「有人嗎？」

……果然沒有人。

「我說啊，考試時不要……」

正當我轉身準備面向教室裡的學生講出「開玩笑」三個字時，才總算注意到現場的異狀。學生們全都瞪大了眼睛看向我。

我之所以會抱著逃避現實的心情，想著「哇！孩子們的眼睛都好大」這種事，肯定是因為我敏銳的直覺正用力敲響著警鐘吧。

「哇！是老師的女友！」「是女孩子幽靈！」

接下來不用多說，根本不可能繼續考試了。

＊＊＊

「小鳥遊同學，你怎麼可以做出這種事呢。」

「對不起……」

除了低頭道歉外我還能怎麼辦。

「在孩子們面前，你不只是個大學生更是一位『老師』，無論跟女友之間發生什麼事，都不該把她帶到你工作的地方來啊。」

「是……」

就算說她不是我女友，也只是火上加油。即使想瞪她，我也不知道對方究竟在哪裡，暗中橫掃出去的視線總是白忙一場。然而「詩織小姐」沒有溜進教室，終究只是在門外等著。因此所長判斷事情沒有發展成必須向家長道歉的大問題，但我不清楚「詩織小姐」究竟為什麼要這麼做。

「總之，你接下來的應對很好。考試有順利在限制時間內完成，孩子們也只是有點驚訝，你有好好告訴他們做這種事情是不對的。總之以後要多加注意喔。」

聽到所長這樣講，我只能把頭低得更低了。

「那麼，接下來不是以所長的身分說話，我個人有件很在意的事情。」

所長改變說話的音調，用打從心底覺得不可思議的語氣問：

「小鳥遊同學看不見幽靈吧？為什麼會跟幽靈交往呢？」

「與其說交往，不如說是我被纏上了。」

「……是嗎？有什麼煩惱的話來找我談談吧。我年輕時也遇上不少事情。」

所長邊說邊用單手扶著桌子起身。後面這句類似牢騷的話語帶有奇妙的真實感。

「總之，你今天早點回去吧。不用急著改今天的考卷也沒關係。」

「……我知道了。」

就算留下來，應該也沒辦法冷靜工作，於是我接受所長的好意。

在我收拾東西時，所長開始處理下一件工作。似乎是有想要插班的學生，所長正在跟對方通電話。以貫徹來者不拒態度的所長來說，這次相當稀奇地看到他面有難色。

「站在我們的立場，當然非常希望孩子能加入，但是……」「是的，畢竟能從旁協助的體制尚未建立。」「是的，我們也覺得很不好意思……會以個別指導的方式來對應……」

我事不關己地想著：社會人士真的很忙碌呢。實際上以目前來說的確是事不關己。但我是否有一天也會像那樣子工作著呢？

雖然我在比平常更早的時間走出校舍，太陽依然已經下山了，夜晚冰涼的空氣滲進肌膚讓人覺得很舒服。

「小鳥遊，辛苦了。」

表情沉重靠在電線杆上的瀧尾取下耳機對我揮著手，走了過來，看來他是特別留下來等我。

「既然你有注意到就幫我處理一下嘛……」

「不，我是在詩織跑去你那邊後，才發現她已經來了。看來她相當期待你的協助呢。」

瀧尾笑著說。雖然這段話多少讓我有些不好意思，不過更重要的是，這個男人的話語中有個很大的問題。

「……你說『已經』，表示你知道詩織小姐會過來？」

「嗯。畢竟是我告訴她你在這裡打工的。」

「喂！你這傢伙！」

我向若無其事笑著的瀧尾逼近，他卻完全不覺得自己有錯。只見瀧尾保持著平時那種對女性有強大威力的笑容，拍了拍我抓住他領口的雙手。

「基本上，我是站在勇敢女性的那邊喔。」

「你把男人之間的友情放哪去了？」

「你以前不是說過，要我『至少介紹一個女孩子給你認識』嗎？」

我的確半開玩笑地說過這句話。而且我還記得才剛講完，一旁的月見里同學就不知為何露出很恐怖的笑容。但是——

「至少介紹活著的女孩子給我啊！」

「你講這種話可是會把詩織惹哭喔？你看！」

即使他說了「你看」也沒有意義。

我往瀧尾指的方向看去，想當然耳什麼都看不見。看著我的模樣，瀧尾的眼神中浮現認真的情緒——另外，臉上還同時露出缺乏緊張感的笑容。

「她說：『對不起，給你添麻煩了嗎？』你要回她什麼？」

「這個嘛……」

要是能直接說出「的確很麻煩」，我就不用這麼辛苦了。

看著沉默以對的我，瀧尾取出手機開始打起字來，接著就將打好的文字拿給我看。

『我希望能成佛！求求你，請你幫我！』

究竟是為什麼呢？聽到這句話後，總覺得我內心似乎傳來理智斷線的聲響。

「……就說了，根本沒必要一定要找我吧？妳想怎麼使用那張照片都無所謂，再不然拜託這方面的專家比較好。」

我其實不清楚詳情，但印象中應該有專門負責讓幽靈成佛的團體。比起找我這種普通的大學生，或者該說有缺陷的大學生幫忙，那些人應該更可靠才對。

「在海邊遇到老伯委託時，你不是很乾脆地幫忙拍照了？為什麼不肯幫忙詩織小姐呢？」

「……沒啊，因為那是立刻就能完成的事情，也是我辦得到的事。」

「真的只是那樣嗎？」

「……你這話是什麼意思？」

在我反駁瀧尾那句令人不悅的話語後，只見他用認真的表情繼續說：

「你其實是害怕吧？害怕正面跟幽靈扯上關係。你當時根本只想著老伯的事情，完全沒思考他成為幽靈的夫人的事對吧？」

像是被狠狠揍了一拳——指的就是我現在的感覺嗎？因為不知道該怎麼反駁，我只能保持沉默。

「我說啊，詩織小姐的事情——」

瀧尾只講到這裡，沒有繼續下去。移開的視線空洞地落在柏油路上。

「——抱歉，剛剛是我的氣話，忘了吧。」

「沒關係，我不介意。」

瀧尾重新面向我，露出爽朗——就連我也能看穿——的假笑。

我則是抱著鬆了口氣的心情，同樣對他露出笑容。

＊＊＊

因為如此，那位詩織小姐依然暫住在我家。

「你打算把詩織小姐趕出去嗎？」

在我回到家把門關上後，被妹妹狠狠罵了一頓。我實在有夠命苦。

雙親還是一樣異常興奮，甚至討論起：「要早點確認親戚們有沒有空才行……」他們到底打算做什麼啊。

「呼……」

我換好家居服後整個人倒臥在床上，嘴邊發出年齡不詳的呻吟聲。雖然自己也覺得這根本不是年輕人會做出的舉動，卻無法停止嘆氣的小鳥遊昴，今年十八歲。

不管在大學或是打工地點，我都被詩織小姐耍得團團轉，由於不想還要為家人消耗精神，在吃完晚飯後我立刻逃回自己房間。附帶一提，晚餐我是在餐桌上吃的。我回到家後，發現家裡換了大一號的餐桌。拜託饒了我吧。

從為了換氣微微打開的窗戶那邊，傳來些許汽車的聲音。奶油色壁紙上刻畫了至今為止的歲月，損傷較嚴重的部分則用元素週期表掩蓋起來。

並排在牆邊的書架上，依隔層分門別類擺放著課本、小說以及文庫本，而最容易取得書籍的隔層則擺著攝影集。空閒時翻閱攝影集或相機的資料集消磨時間，是我每天都會做的事情，但我今天根本沒有那個精神。

我望著天花板放空，腦中閃過月見里同學與瀧尾對我說的話。

的確，幫助有困難的人是身為一個人該做的事情。話雖如此，我究竟還能幫上什麼忙呢？

這個世界上充滿不合理的事情。

這對我來說是理所當然的事，我相信很多人也抱持相同的想法。

即使如此。或者該說正因為如此。

我想要當個「普通」人。跟大家一樣看得見幽靈，跟大家一樣接受這個世界。我原本以為，一旦成為大學生，至少在表面上能夠做到這點，而我也真的這麼做了。

然而，等「幽靈」真的出現在我面前，我卻不知道究竟該怎麼辦。

或許，可能就如同瀧尾說的——我是害怕。害怕跟幽靈面對面時，會再度意識到自己是靈感異常者。

於是，我背叛了大家的期待。

背叛了瀧尾、月見里同學——以及說我的照片「令人懷念」的「她」所抱持的期待。

「哥哥。」

沒有敲門就走進房裡的人物打斷了我的思緒。而我也注意到其實自己正因此鬆了口氣。

「……喂，小夏。不要沒敲門就直接進來啦。」

「我跟你的感情明明就這麼好。」

「那如果我不敲門就進去妳房間呢？」

「我用彷彿不屬於這個世間的殘虐方法宰了你喲！」

這個世界上充滿了不合理的事情。

「所以找我有什麼事？」

我重振精神發問後，妹妹對還開著的房門做出邀人進來的動作。

「其實是詩織小姐有些事情想跟哥哥說。」

妹妹邊說邊敲打手機，接著將畫面遞給我看。看來她應該是從瀧尾那裡學到翻譯的方法。

『對不起，我想再拜託一次……』

「我話說在前面，如果是跟成佛有關，已經沒有我能幫忙的事情了。妳還是去拜託能溝通的人吧。」

我自暴自棄地回完，妹妹再次將手機畫面遞到我眼前。

『寂寞會殺死兔子喔？』妳已經死了吧。

我似乎是將內心的吐槽直接講出口，只見妹妹高興地露出笑容。

「太好了，哥哥順利地跟詩織小姐溝通了呢。」

「溝通？」

妹妹點了點頭。

「嗯，因為詩織小姐開了個玩笑，哥哥也吐槽她啦。這就是溝通！」

面對妹妹開朗的表情，我一時說不出話來。自己可能在不知不覺中，開始承認「詩織小姐」的存在了。

「哥哥，你就幫幫她嘛，在家時我會負責幫你翻譯。」

『因為昴同學的直覺很敏銳，說不定能注意到什麼……』

「這種事去拜託偵探之類的人啦。」

那是時常透過取景器尋找想拍攝風景所得到的副產品，我是覺得自己的觀察力和直覺有比常人敏銳，但還是沒有專業人士好。

『而且你在海邊不是讓那位老婦人成佛了嗎！』

「唔。」

我一瞬間不知道該說什麼才好。的確，我一度幫助幽靈成佛。我的視線離開手機螢幕，看見妹妹期待的眼神，於是又慌忙將目光移開。

「那只是因為那位老伯喜歡拍照的關係。詩織小姐的遺憾也是想拍張照嗎？不然我現在就來拍一張讓妳成佛？」

其實我自己也覺得這句話很殘酷。妹妹也立刻用責備的語氣開口：

「哥哥！」

不過在短暫的空檔後——

「可是……」

小夏先是一陣嘀咕，接著又把手機朝著我遞了過來。

『……我不知道。雖然我不知道，但是總覺得一定要拜託昴同學才行。』

「所以說，到底基於是什麼樣的理由……」

『女人的直覺？』

「為什麼是疑問句啊……」

『總、總而言之！我就是覺得如果是昴同學應該能辦到！一定是這樣！』

夠了，到了這個地步理由什麼的根本無所謂了。

「那是錯覺。我才不是那麼厲害的人。」

「哥哥……」

「抱歉，我今天已經很累了。讓我一個人靜一靜。」

說完後，我躺回床上翻過身去。這是為了把小夏的手機移出視野外。

可以聽到小夏不悅的哼聲。

雖然妹妹不滿地抱怨了一陣子，但在我毫無反應的情況下，她終究還是離開了我的房間。

＊＊＊

「所以你沒有找盡各種理由把人家趕出門吧？」

邊說邊笑著走在旁邊的正是瀧尾。

「沒辦法，她又沒有地方住。」

即使是幽靈，把對方趕出去，心裡還是會覺得不舒服。

「更重要的是，要是我說要趕她走，也只會變成我被掃地出門而已。」

「關於這個部分，我到底該說你是溫柔還是半吊子呢……」

「少管我。」

我聽完推了瀧尾肩膀一把後，他聳聳肩笑了出來。

雖然今天是星期日，我跟瀧尾卻為了打工而去補習班。今天不是去教課，而是參加為家長們所舉辦的說明會。補習班每隔一段時間透過這個機會與家長們談談孩子們的學習狀況和補習班今後的方針，瀧尾和我也會各自以負責學科的講師身分去和家長們打招呼。

在面對學生們的母親時，會有跟面對小孩子時不同方向的疲憊。

「無論如何，都不能在打工的地方出手呢～」

不過瀧尾卻是還有開這種玩笑的餘力呢。

『昴同學，辛苦了。』

「好啦好啦，謝謝妳喲。」

重點是，「詩織小姐」不知為何也跟來了。算了，比起擅自溜進職場，在我們知道的情況下跟來要好多了。

究竟是天生的個性，還是失憶造成的影響呢？月見里同學已經算是很沒心機的人了，但是透過瀧尾和月見里同學聽到的「詩織小姐」更是超越沒心機，甚至可以稱為「純淨」。一般來說，到了我們這個年齡也差不多面對過世間冷暖，但是一看到她……好啦，這算是比喻法，總之聽著她的事情，會有種她根本一塵不染的印象。

『今天接下來要去哪裡？』

透過瀧尾如此問著的她，究竟做什麼樣的動作、露出什麼樣的表情呢？不知不覺中，她說出的話變得越來越直接了。

「嗯～～穿著西裝感覺沒辦法去哪裡玩呢……」

如此說著的瀧尾不經意地抬頭望向天空。目前太陽才剛來到能用「日正當中」形容的位置，雖然的確還有時間，但是要我穿著這身剛參加完家長會的打扮出去玩，覺得很不好意思。不過就算真的要去玩，能舉出的候補選項也只有看電影或唱卡拉ＯＫ而已。

「要不要來我家？你很久沒來，我伯母也說很想見見你。」

「這麼說也是……」

我點頭同意瀧尾的提案。瀧尾因為一些理由跟伯母兩個人住在一起，而我也認識那位伯母。她是一位讓人覺得「果然跟瀧尾有血緣關係」的美女。由於我以前短暫離家出走時，受她諸多照顧，所以她是少數讓我真心尊敬的人。

「機會難得，就讓我去打擾一下吧。我會在車站前買個蛋糕，到時等我一下。」

「不用那麼客氣啦。」

『我要銅鑼燒！』

妳給我客氣一點。

「……話說回來，突然把詩織小姐也帶去真的沒關係嗎？」

「沒關係，我會負責好好說明的。」

「是嗎是嗎……所以你打算怎麼說明？」

「她是小鳥遊會忍不住想欺負的女孩子。」

「可以不要把我當成國中的小男生好嗎？」

『昂同學……原來是這樣啊。啊嗚（刻意用雙手扶著臉頰）。』

謝謝你這麼仔細地全寫出來。

在我們一邊瞎扯，一邊走在通往車站的道路上時——

「小鳥遊老師！瀧尾老師！」

聽到小孩子叫喊聲的我們驚訝地轉過身。

從另一個方向慌慌張張跑過來的，是我在打工時以講師身分負責班級中的一名學生。明明還是小學生，卻是個每次都會認真完成作業的孩子；也是每當我在傷腦筋時，只要點他回答就能得到正確答案的寶貝學生。

而這位少年正上氣不接下氣地朝我們飛奔而來。

「拜託老師！請幫幫我！」

＊　＊　＊

一路跑到我們面前的孩子，正雙手扶著膝蓋平復激烈的喘氣。鼻尖上還浮現大量的汗珠。

「怎麼啦？為什麼突然這樣說？」

瀧尾屈膝蹲下配合孩子的視線並開口問道。能夠很自然地如此行動，正是他大受女性歡迎的理由吧。

「瀧尾老師，我朋友在那邊的公園裡被欺負……」

「欺負？」

瀧尾皺起了眉頭。

「大家聚在一起欺負我朋友。雖然我說了不能這樣做，但是大家都不肯聽……」

他應該想聯絡認識的大人，又想起今天有舉行家長會，才打算跑去補習班吧。

「老師，拜託你！請幫幫我！」

「……小鳥遊，走吧。」

「知道了。能跟我們說地點在哪裡嗎？」

「好！在這邊！」

孩子帶著我們小跑步前往的地方是附近的公園。這是座相當寬廣的公園，加上旁邊還設置了圖書館，所以成為本地居民們的小型社交場所。

在公園的中央，有六名左右的孩子們正圍成一圈，與對面的孩子對罵著。

——不，不對。應該有誰站在中央。

「哈哈，覺得不甘心就碰我啊！」

「嗚哇，好噁心喔，可以直接穿過這傢伙的身體耶。」

其中一名小孩先是用力把手伸了出去，接著立刻縮回來並呵呵大笑。其他的小孩也跟著大笑起來。

在有段距離的地方看著這個情況的我，對著站在身旁皺起眉頭的瀧尾問道：

「瀧尾，這是……」

「啊，就跟你……」

想得一樣——這四個字被孩子們的吼聲蓋過。

「區區一個幽靈！」

所謂「眼前一片白茫」應該就是這種感覺吧。不知為何，我能清楚聽見自己心臟跳動得更大聲了。

區區一個幽靈。

不過就是幽靈。

幽靈什麼的。

那應該是我過去在心中呼喊過無數次的話語——

「喂！小鳥遊！」

瀧尾的聲音讓我瞬間回過神來。

「你沒事吧？」

面對擔心地看著我的損友，我努力擠出笑容回應：

「沒事。」

我只是有點嚇到，沒什麼大不了的。因為進入大學後的我，跟當時的我不一樣了。我接受了這個世界，決定與有著幽靈的世界妥協並生活下去。

「沒事的。」

我再次重複了這句話。

我理解目前的狀況了，看來是小孩幽靈正受到霸凌。

從外表來看，那些孩子都是小學高年級的學生。這個年齡的孩子們都很殘酷，只要看到跟自己稍微不同的對象就會群起排斥。雖說這或許是一種人類基本的習性，等到他們變成大人也不會有所改變也不一定，但孩子們做起來不會有所節制，表現上更是直接到毫不留情。

「他是我學校裡的同班同學，只因為是幽靈就大家被欺負……」

學生口中的這句話，證實了我不祥的預感。

幽靈的人權還在緩慢建立當中，自然無法保證他們一定能夠接受教育，不過依然有讓幽靈通學的例子，例如是在學中變成幽靈的學生，或者是為了要消除遺憾。正遭受霸凌的幽靈應該屬於這種例子吧。

「之後交給我們處理，你先回家吧。」

我對帶我們來這裡的學生這樣說道。雖然他稍微猶豫了一下──

「你也不想跟別的孩子吵架吧？」

聽到我的勸告後，他才總算點頭答應。這種情況下不要增加多餘的火種會比較好。

「……那麼，接下來該怎麼辦呢？」

瀧尾的話讓我發出了低吟。

目前對方似乎還沒有注意到我們。

要是大人──雖然我們也還沒有成年──隨便介入，有可能反而引來不好的結果。

說實話我沒有自信能巧妙地說服小孩子。

正當我還在躊躇不決的時候，瀧尾突然發出驚訝的聲音：

「等等，詩織？」

只見他伸出了手，然後動作就停住了。

「瀧尾，怎麼了？」

「詩織過去那邊了……！」

我立刻理解狀況。往我們這邊……不，應該說往我們與他們之間看過來的孩子們，全都露出驚訝的表情開口：

「阿姨，妳想怎樣？」

「不過是幽靈，不要來妨礙我們！」

詩織小姐似乎是為了幫助幽靈孩子而飛奔出去了。如果沒等瀧尾翻譯，我根本不知道他們究竟在說什麼，但我可以想像她應該是用盡全力在阻止那群孩子吧。

「……可惡！」

等我回神時，自己已經往前跑了去。

『少年：謝謝。』

瀧尾的手機畫面上呈現了這段文字。應該是出自被欺負的小男孩。

結果我一跑過去，圍住幽靈的那群孩子就立刻逃走了。看來是這身西裝打扮幫了大忙。平時明明常常被說看起來比實際年齡還小，服裝的威力真是不容小覷。

『詩織：太好了呢。』

話雖如此，事情很明顯沒有徹底解決。在小孩子的世界中終究有著屬於小孩子的規則，即使打出名為大人的鬼牌，到了隔天又會恢復原狀。

我困擾地看向瀧尾，他露出怪異的表情並遞出手機。

『小鳥遊：舔舔詩織小姐。』

我狠狠地一拳揍過去。

「好了，接下來該怎麼辦？」

摸著如果是在漫畫裡應該早已冒煙的後腦杓，瀧尾重振精神開口說道。

但他臉上立刻就浮現困惑的表情。至於他會露出這種表情的理由，可以從他遞出來的手機畫面上窺知一二。

『詩織：那個……你的遺憾是什麼？』

這個問題還真是直接呢。

「詩織，這個問題有點……」

瀧尾邊出聲試著制止，邊繼續動手操作手機翻譯。雖然非常感謝他，但這在旁觀者眼中應該是相當超現實的景象。

『詩織：因為不能成佛，表示內心留有遺憾吧？』

「是這樣沒錯……」

瀧尾一臉困擾地看向我，他正用眼神說著：這算是多管閒事吧。

真要說起來，我們根本不知道幽靈男孩本人到底想不想成佛。就算詩織小姐自己非常積極地想成佛，但我們並不清楚是不是每個幽靈都這樣想。即使有幽靈對於成佛一事感到害怕也不奇怪——無論如何，這些都是我難以理解的事情。

「唉……」

最近我嘆氣的次數不斷增加。如果每次嘆氣都會讓幸福逃走，那我的幸福餘額應該早就歸零了。

而且肯定是這個幽靈害的。

『詩織：只要成佛，就不會再被欺負了。』

真的是這樣嗎——我這麼想著。

這麼一來的確不會再被欺負了，但是沒有從根本解決問題吧？

然而詩織小姐與少年之間的對話依然進行著。

『少年：我很在意小健……我養的狗狗的事情。』

『詩織：狗？』

『少年：牠在我去世前不久失蹤了……我覺得牠一定是在哪裡尋找我！』

所以想跟小健見面。

這就是少年的「遺憾」吧。

這麼一來，我能簡單預測到詩織小姐接下來會說什麼。看來瀧尾似乎也一樣，他在把手機遞給我時的表情帶著微微的苦笑。

『詩織：沒問題！我們會一起幫你找！』

＊　＊　＊

『少年：小健是柴犬，大約十五歲……』

「對不起，我沒有看過耶。」

「是嗎……不好意思占用了您的時間。」

對著一臉困擾的老婦人低頭道謝。她一邊用狐疑的眼神看著即使在交談中仍會遞手機給我看的瀧尾，一邊邁步離開。

離開公園之後，我們四處移動尋找「小健」的消息。

當然，不可能有所斬獲。

根據聽到的是狀況，少年是在半年前成為幽靈。找沒兩下，半年前失蹤的狗就突然出現的可能性實在非常低。

「……結果你講東講西還不是幫忙一起找了。」

「有什麼辦法，都誤上賊船了。」

而且不管怎麼想都是咔嚓咔嚓山(註10)的泥巴船。

『詩織：明明就不肯幫忙我成佛，昴同學真是太殘酷了（鼓起臉頰）！』

「這也是妳提出來的好嗎……」

畢竟是補習班學生的委託，總不好意思半途而廢。只是這樣而已。

「沒事的，詩織。這傢伙正好是最愛作弄喜歡的人的年齡。」

「可以不要再用這個哏了嗎？」

在瀧尾的字典裡面，究竟是否有好好記載「友情」這個詞彙呢？

「瀧尾，我說啊。」

「什麼事？」

我無言地對點頭回應的瀧尾遞出手機。

『那隻叫做小健的狗，說不定已經……』

「……啊啊，我也這麼覺得。」

十五歲，狗差不多就只能活到這個歲數了。如果沒猜錯，小健並非只是「失蹤」，而是已經「離開這個世界」了。

少年的雙親，可能是猶豫著要不要將這件事告訴年幼的少年——這個最惡劣的想法，在我與瀧尾之間飄盪。

人類以外的生物不會變成幽靈，就算真的會變，人類也無法察覺到它們。

這說不定是無法消除「遺憾」的案例。

原本用憐憫的眼神看著少年的瀧尾，突然露出笑容說：

「不，沒事喔。」

『少年：哥哥你為什麼從剛剛開始就一直拿手機給那邊的哥哥看呢？明明那邊的哥哥完全不聽我說話耶。』

孩子天真無邪的詢問，讓我說不出話來。我一邊期待著瀧尾能好好向他說明，一邊加快腳步。

＊＊＊

開始染上一片紅色的天空，宣告落日時刻來臨。

註10：日本的童話故事。兔子約狸貓去山上砍柴，用打火石點燃狸貓背上的木材，狸貓詢問兔子那是什麼聲音，兔子表示這裡是「咔嚓咔嚓山」，咔嚓咔嚓鳥鳴叫時就會出現這種聲音。

傍晚再度回到公園的我們，對於理所當然毫無成果的現況互相露出苦笑。

『詩織：今天就先找到這裡吧。』

『少年：好的。對不起，都是因為我……』

「不會，沒有關係喔。」

瀧尾露出爽朗的笑容說道。我甚至能看到他潔白的牙齒閃耀著光芒。把內心隱藏起來的技巧，在這種時候卻讓人感到寂寞。

『詩織：果然沒有肖像圖，找起來很困難吧。』

『少年：我去拜託媽媽畫一張。』

『詩織：嗯，那我們約明天在這邊集合。』

「詩織，等等，我們明天要去大學上課。」

友人面露苦笑說道。這是彷彿瀧尾在一人飾演三角的奇妙景象。正當我想著究竟該說些什麼來參與這幅景象時，背後突然傳來一道聲音——

「啊，找到了、找到了。」

轉過身去，就看到一名沒見過的男子站在那裡。年紀看起來跟所長差不多，大約三十五歲左右。明明身處此處卻穿著白袍，給人一種奇妙的不協調感。

戴著眼鏡的纖細面容，乍看之下有種神經質的印象。

「你就是拓哉弟弟吧。」

那名男子沒有先打招呼，而是突然直呼少年的名字。

一陣輕柔的風吹過。男子用雙手插在白袍口袋的姿勢輕輕翻動著衣襬，一步一步往我們這裡走過來。

那股存在感讓我忍不住倒吸了一口氣。

如果光論長相，那對方絕對不能算是超級美男子。硬要說的話，他從臉頰到下巴的纖細線條醞釀著中性的魅力，但沒有到獨一無二的地步。然而那雙彷彿能徹底看穿內心的深灰色眼眸，卻散發著異常的色彩。

男子用低沉到不能再低沉，但是不會令人覺得不悅的奇妙聲音緩緩說道：

「我是來超渡你的喔。」

看著男子露出平穩但讓人無法拒絕的笑容，我僵在那裡，什麼都說不出口。

「難道說……」

瀧尾低語的聲音傳來。只見他看著男子的臉龐露出驚訝的表情。

大概是注意到那道視線吧，男子微微笑了一下，接著將手從口袋抽出。他握在手上的是用細線綁住的五圓硬幣，類似在施展催眠術時使用的那種簡單道具。

「你想跟小健見面吧？」

少年應該會問「你為什麼會知道」吧。但是瀧尾還來不及翻譯，男子就繼續開口：

「我能讓你跟小健見面喔。」

「什麼……」

所以小健是在這位男子的家裡嗎？若真是這樣，那他又為什麼會知道少年在尋找那隻狗呢？

男子沒有對因為突發狀況而陷入混亂的我們做任何說明，直接走到少年所在的地方蹲了下來。

「聽好了，接下來要照著我說的話去做喔。」

面對這麼詭異的勸誘，平時絕對不會答應吧，然而這位男性的一字一句彷彿都充滿吸引人的魔性。

「慢慢閉上眼睛，深呼吸……很好。來，把眼睛睜開。看著這個的前端喔。」

男子露出笑容，指著五圓硬幣慢慢說道。接著他握住細線的另一端，彷彿準備對少年施展催眠術般左右搖晃起來。

連在一旁的我，也被緊緊吸引目光。

這真是奇妙的光景，在傍晚的天空下，突然出現的男性正搖晃著細線。這或許可以說成是一種幻覺也不一定。我也好，瀧尾也罷，詩織小姐應該也一樣，全都徹底被那個空間給吞噬了。

接著，男子繼續說道：

「有聽到嗎？小健就在那裡喔。牠正在叫你……」

那是滲透進傍晚空氣的神祕聲音。

「聽，小健正在這樣講……『我已經沒事了，不用擔心喔』……你有看到嗎？有聽到嗎？你身處於一個溫暖的地方……被幸福感包圍……」

停下左右搖晃的細線，男子呼口氣後緩緩站起來。

雖然我不知道發生什麼事，但是我很清楚究竟怎麼了。

「消失了……」

瀧尾驚訝地低聲說道。

「喂、喂！瀧尾，發生什麼事了？」

「消失了……少年成佛了。」

瀧尾以一副自己也不相信的模樣說道。聽到這段話，讓我也忍不住發出訝異的呻吟聲。

少年的願望，理當是無法實現的願望。

明明應該是如此，少年卻順利成佛了。表示眼前這位男子只靠短短的幾句話，就成功消除了少年的「遺憾」。

彷彿是魔法。

大概是能直接看到狀況，瀧尾比我早一步回神並對著男子說：

「難道說，你是櫻木醫師嗎？」

「……謝謝。你能認出我是誰，真的讓我很高興呢。」

像是終於想起我們的存在般，男子緩慢的往我們這邊看來。但是跟話語相反，他的臉上浮現有些寂寞的表情。

這時，一位女性從公園的另一側朝著男子跑了過來。

「老師！」

「嗯，已經順利讓他成佛了。」

「啊……」

面對露出微笑的男性——櫻木先生，眼前的女性發出感動至極的低吟。

「謝謝你，太感謝你了……！」

「不會，我只是做了諮詢師該做的事情。拓哉弟弟能這麼順利的成佛，是因為他是個深受家人疼愛的乖孩子喔。」

「老師……」

「謝謝妳來找我諮詢這件事。」

櫻木先生的話，讓應該是少年母親的女性擦了擦眼淚。她彷彿沒有注意到我們的存在，用哽咽的語氣繼續說：

「我們總是讓那孩子受苦……聽說他在學校也被欺負……如果我們沒有隱瞞小健的事情，他或許能更早成佛了……」

「嗯，嗯嗯。」

「我們想讓他當個普通的孩子，所以不但讓他去學校，也想讓他上補習班……」

「已經沒事了，你們真的很努力了。」

櫻木先生輕拍女性的肩膀，用非常溫柔、平穩的語氣說著。但在他聲音的某處，卻似乎透著一股寂寞。

茫然地看著這一幕的我，肩膀突然被拍了一下

「小鳥遊，我們走吧。」

在瀧尾小聲的催促下，我們離開了現場。

我隔天才得知，瀧尾稱呼為「櫻木醫師」的那位男子，是以超渡幽靈為業的「幽靈諮詢師」，而且還是手腕高超的著名人物。

■她與我與那一天的世界

「咦？在睡覺嗎？」
朋友輕輕的呼喚聲，正溫柔地刺激著我的耳朵。接著傳來她往床邊靠近的輕柔腳步聲。
可以感受到她為了觀察我的臉龐，往這邊探出上半身的氣息。
「……呵呵。好可愛的睡臉。」
——等等，這我可沒辦法當成沒聽到。
「給我等一下……如果不是睡臉就不可愛？」
我突然從被窩裡伸手抓住小月的手腕，讓她發出可愛的慘叫聲。
「哇啊！等等……原來妳醒著？」
「真是的，實在是不能大意啊。」
「那才是我要說的話吧？」
真是個可愛到當我的朋友都覺得過於奢侈的少女啊。

季節是春天，我真的很喜歡這個連空氣本身都充滿了歡樂氣息的季節。雖然我也很喜歡夏天的太陽、秋天的悲傷以及冬天的靜謐，但是春天的氣息對我來說果然還是略高一籌。因此——

「小月，帶我上去屋頂吧。」

「咦……可以嗎？」

面對語帶懷疑的小月，我「嗯」一聲點頭回應。可能因為季節，我的身體狀況相當不錯，稍微去外面走走應該沒問題吧。

——好啦，其實醫生是跟我說「不准出門」，但我覺得一旦累積太多壓力反而會對身體不好。

小月雖然再三猶豫，卻禁不起我持續的請求以及一直仰望著她——

「真是的，只能去一下下喔。」

她只好叉著纖細的腰，嘆了口氣。

就這樣，我被小月抱上輪椅悄悄離開病房。一路上沒有被護士們發現，只能說真的很僥倖。

在這個情況下，讓我想起小時候的事情。我偷偷帶著來上鋼琴課的小月溜出去，最後一起挨媽媽們的罵。雖然小月後來沒有繼續學鋼琴，但是她在國、高中都加入管樂社。我在還比較容易得到外出許可時，也常常去聽她的演奏會。

「對了，小月，妳考試準備得如何了？」

小月雖然很認真，卻不是很懂得如何掌握課業要領的類型。這樣的她真的有時間來陪我嗎？

「唔！」

用一個單音表示被打到痛處的小月，深深地嘆了口氣。

「嘆那麼多氣會讓幸福逃走喔？」

「那妳不要讓我想起討厭的事情啦！英文單字快讓我的腦袋爆炸了……」

「啊哈哈，看起來好辛苦喔。哎，妳上大學後還會繼續玩樂器嗎？」

「嗯，我是這麼打算啊。到時再讓妳聽我的演奏吧。」

「……我的耳朵可是很挑的喲。」

「啊，這可是妳說的！」

要是真的有那種機會就好了。

「嗚哇……」

我不禁想著先發出驚嘆聲的，究竟是我還是小月呢？如果是同時就有趣了。

我們從飄盪的晾晒衣物之間穿過，來到頂樓邊緣。雖然受到高大的公寓等建築阻擋，使得從醫院屋頂看出去的景色不算太好，但還是能想像成絕景啦。

春天輕柔的風吹拂著小月黑色的長髮不停飄舞著。我則是靜靜看著那有些耀眼的景象。

要說我完全不害怕自己從這個世界消失，絕對是謊言。但是我更害怕自己變成幽靈留下來。

如果我變成幽靈的話，肯定會讓小月感到很痛苦吧。我不想看到自己的朋友變得那麼痛苦。

「……小月，謝謝妳。」

「妳真的要好好感謝我喔。畢竟之後肯定是我挨罵。」

友人邊說邊刻意無力地低下頭。她會好好忘記我的事情吧。希望她不會被我跟她之間的回憶束縛。

其實根本不該讓小月來探望我才對。或許得找個理由把她趕出去，甚至對她說「我要跟妳絕交」之類的話。

——如果真的做得到，我早就做了。

而且即使我真的對她那麼做了，小月也肯定還是會來吧。我知道，她一定會再來找我的。

我在內心向她道歉，想著：請再稍微陪我一下吧。

陪著我直到我的時間停止那一刻。我不會留下遺憾，會徹底消失。所以妳也不要被我綁住。

溫柔的小月一直活在我造成的陰影下，我真的不敢想像這麼痛苦的事情。

至少我要用這雙眼睛將世界記錄下來，為了不留下任何一點遺憾。

在我這麼想著的同時，突然將眼前的景象與過去見過的美麗夕陽重疊。咦？我這究竟是在哪裡看到的呢……稍稍思索後，我發現那個記憶是來自於「他」——「小鳥遊昴」的照片。

那是他所拍攝的風景，在日落前被染上血紅色的天空。那美麗且夢幻的色彩，觸動了我的內心，甚至差點讓我流下眼淚。

看著那片景色的他——「小鳥遊昴」——究竟是什麼樣的人物呢？他究竟有著什麼樣的想法呢？

像是要甩開浮現在腦中的這些想法一般，我用力搖了搖頭。
不知從哪裡吹來的風，輕輕吹動著小月和我的頭髮。

第三話　不完整的記憶與她的棲身之處

「留靈體中心？」

「嗯，講簡單一點就是幽靈專用的安寧病房。」

瀧尾流暢地回答我提出的問題。

這是某個平日放學後的事。走到尾聲的春天景色，開始混入夏天初期的陽光。依瀧尾的說法就是：「穿得很清涼的女孩子開始增加，到處充滿希望與未來的時期。」但是對於討厭大熱天的我來說，則是得邊嘆氣邊盼望秋天快點到來的時期。往年已經是如此了，今年還得被一位熱血幽靈跟在旁邊……不，是已經被她附身了。雖然可以想見嘆氣的質與量勢必倍增，然而自己對此幾乎沒有感到不悅也是事實。

這是放學後發生在攝影社社辦的事情。

位於校園的角落，有些古老的社辦大樓三樓，這間座落在東邊角落的房間是我們的社辦。雖然是在數位相機普及之後才蓋好的建築物，但因為仍有使用機械相機的社員，社辦的角落還留有當時使用的藥品，以及搭設暗房時所用的黑色帷幕。

聚集在這間社辦的我們，正在討論「該怎麼樣才能讓詩織小姐成佛」。發起人是我。怎麼說呢？讓她彷彿競選演說般，於各個地方不斷重覆說著「拜託拜託」，我聽得也很累，稍微為此撥出一點時間也不是不行。明明自己因為失憶所以無法成佛而煩惱，還硬是要求我幫忙，但遇到其他有困擾的幽靈時又放不下對方……看著這樣的她，該怎麼說，我不是沒有任何想法。

「你總算是淪陷啦，這個傲嬌！」

至於講出這種話的人究竟是誰，我就不多說了。雖然我有很多事想抱怨，但是面對滿臉賊笑的傢伙投出直球，只會被打出場外全壘打而已。

拉回正題，關於「留靈體中心」的事情。

「如果有那種地方，早點把她帶過去不就好了。」

「才剛剛提起幹勁，立刻說出這種話。」

面對我的抱怨，瀧尾回以苦笑。

「在聽到之前我也完全忘了有這麼回事。畢竟身邊如果沒有幽靈，不會有機會利用那種設施，所以沒想到很正常吧。」

開口幫忙解釋的是月見里同學。麗華學姊則是很稀奇地，在旁露出認真的表情陷入沉思。

「與其說是忘記，不如說詩織只想要拜託小鳥遊幫忙，所以我覺得如果硬是帶她去別的地方很可能造成反效果。」

『嘿嘿（右手握拳做出敲頭的動作）。』

總覺得瀧尾在手機上打字的技術一天比一天厲害。

昨天與被霸凌的幽靈少年相遇的我們，目擊到一名男子讓幽靈少年在「沒有解除遺憾」的情況下成佛。啊，我是因為瀧尾跟我說才知道。

根據瀧尾所說，他是在街頭巷尾都非常有名的「幽靈諮詢師」。

「櫻木真也，帥氣且技術高超的知名諮詢師。在某個時期甚至於網路和電視上都有特別節目。不過最近幾乎都沒看到了。」

櫻木先生似乎是在附近的留靈體中心任職，正當我準備要看瀧尾遞來的手機螢幕時，腦袋差點跟做出同樣動作的月見里同學撞在一起，於是兩人慌慌張張地互相讓開。

「感情真好呢。」

『這就是所謂的心電感應吧！』

能同時發出兩人份的捉弄台詞，這個男人還是一樣厲害。

「別、別捉弄我了，詩織！瀧尾同學也是！」

看到月見里同學變得滿臉通紅，連我也害羞起來，狀況變得更加難以收拾。然而我在感覺臉頰變熱的同時，也有種不協調感。

才想說究竟是怎麼回事，就發現在這種時候應該會積極參與的人卻依然保持沉默。我露出不解的眼神，看向雙手靠在桌上、低著頭的學姊。

「所以說，就是這個……」

在我對學姊搭話前，先被瀧尾叫住。

他給大家看了一棟建築物的照片。比起安寧病房，那脫俗的外觀更像是旅館。文章出處似乎不是官方網站，而是新聞網站過往刊登的報導。在建築物照片的下方，刊載著櫻木真也的臉部照片。他露出爽朗笑容的模樣，比昨天看到的大約帥上三成。報導上寫著「奇蹟諮詢師」、「接連超渡了抱持著煩惱的幽靈」等等文字，看起來像是什麼奇怪的購物網站。

在瀧尾動手點下連結，頁面跳轉到留靈體中心的官方網站後，畫面給人的感覺轉變為沉靜。從交通指南的頁面得知，中心位於離大學最近的電車站幾站就能抵達的地方。

「這真的可以相信嗎？」

「很可惜，因為我親眼看完了整個過程……」

面對我的疑問，瀧尾抓亂了原本整齊的頭髮開口：

「怎麼可能不相信。」

「也是啦……」

不巧得是我無法「親眼看見」，只能相信瀧尾的眼睛了。

下一瞬間，瀧尾敲起了手機螢幕上的鍵盤。

『昴同學，你會陪我一起去嗎？』

看見這句話，我只能苦笑著說：「我還真是缺乏信用呢。」

＊＊＊

「高村留靈體中心」——正如這個直白的名稱所示，是為了幽靈開設的設施。這裡有良好的諮詢體制，以幫助煩惱該如何與幽靈溝通的遺族，及不知該如何消除遺憾的幽靈。重複瀧尾說過的話，想成是幽靈用的安寧病房就可以了。根據身為法律系學生的麗華學姊所言，「留靈體管理法」和「留靈體登錄法」在十幾年前實施後，有一段時期很流行建造這類以幽靈為對象的設施。

身為大學生的好處之一，就是時間很自由，只要用平日白天的空堂就能稍微出個遠門。這次的組合是我跟瀧尾兩個人，以及身為幽靈的「詩織小姐」。月見里同學不巧在這個時段有課。她再三交代：「之後要跟我說發生什麼事情喔。」並目送我們離開。

目的地雖然位於街道有點複雜的地方，但一行人在瀧尾帶路下完全沒有迷路，順利抵達。他該不會事前仔細研究過地圖了吧，這男人在這個方面還真是毫無破綻。與先前看過的照片完全一樣的建築物，座落於——整體上的感覺甚至讓人想用「坐鎮」來形容——這個視野較為開闊的地點。

這棟帶有圓弧感的建築外觀是會讓人聯想到磚塊的紅褐色。由於在印象上還是新建築物，爬滿整個外牆、讓人聯想到「綠色窗簾」的爬牆虎，不會讓人覺得髒亂，甚至幫忙帶出沉靜的氣氛。設施的大小乍看之下與位處郊外的大醫院差不多。建築物周遭的感覺更像是座小型公園，茂盛的樹木之間設置典雅的長椅，能看見不少人在溫暖的陽光下散步。

大概是為了無法自己開門的幽靈，有個身穿制服、面露安穩笑容的男性站在玻璃門前面。他一看到我們靠近，立刻鞠躬並為我們推開大門。這種被當成ＶＩＰ接待的感覺，讓我冷靜不下來。

建築物中統一以藍色為基調，是能令人沉靜的色彩。等候室裡隨意擺著坐起來應該很舒適的沙發，連櫃檯都給人一種彷彿旅館大廳的高級感——雖然我覺得多少有些過度服務，但也能簡單理解他們是要強調「本設施尊重幽靈的人格」這點。

「喂、喂……區區學生來這種地方真的沒關係嗎？」

「沒問題啦……應該吧。」

面對我的問題，瀧尾給了個曖昧的答案。應該多方考慮後再行動才對——我對於沒想太多就選擇這間留靈體中心深感後悔。

「哎呀，午安。今天需要什麼樣的協助呢？」

瀧尾一往櫃檯走去，負責接待的姊姊就露出友善的笑容開口。這種時候帥哥就是比較有利。

「兩位是第一次來我們中心嗎？」

「是的。為了做幽靈的諮詢……」

該說面對女性果然得心應手嗎？把事情交給融洽地交談的瀧尾負責，我往後方的沙發走去。等了一小段時間後，我們被帶往一間診察室。

「咦？」

看著走入房內的我們，坐在圓形回轉式椅子上的男子低聲嘟囔一句。畢竟是昨天發生的事，對方應該也還記得我們。別在胸前的名牌上，印著「櫻木」的平假名。

櫻木真也，是位手腕高超的著名幽靈諮詢師，也是在我們面前輕鬆地超渡了一名幽靈的男子。

由於我身邊有像瀧尾這樣破格的帥哥在，所以我不覺得櫻木算得上超級美男子。但他的容貌確實只要出現在班上，就足以吸引同班女同學的目光。纖細的臉部線條給人一種中性的印象。儘管如此，還是能從這個男人的身上，感覺到對工作的疲乏感以及慵懶的氛圍。

與他眼神交錯的瞬間，一股類似膽怯的情緒竄上心頭。

那應該可以用「眼力」來形容吧。昨天我在一旁觀看時也有同樣的感受。當自己直接對上那雙深不見底的灰色眼眸時，感受到某種只能用「力量」來形容的東西。

「好啦，一直讓你們站在那邊也不是，我們差不多該開始了。」

「啊！那個，真是不好意思。」

我大概盯著他的雙眼看了好一段時間吧。慌慌張張地道歉後，我們依他的指示坐到椅子上。

「看來要接受診察的是那位留靈體女孩，而你們兩人則是陪她過來，對吧？」

「是的，麻煩你了。」

「好的，交給我吧。那位同學似乎已經知道我是誰了，我是櫻木真也，在這間中心擔任諮詢師。」

低沉、能讓人感受到溫度的聲音。無論是眼眸或聲音，這位男性都給人一種超齡的感覺。

＊＊＊

在櫻木先生的促請下，我們說明了現況。等瀧尾陪著被要求先離開的詩織小姐走出診察室後，櫻木先生開口說道：

「那麼我們繼續吧。我接下來要說的事情，對本人而言可能會有點殘酷。」

接著他說明起要詩織小姐先離開的理由。

「她的狀況是『失憶』對吧？我先說結論，過往並非沒有這樣的案例。那個……該怎麼說才好呢，會成為留靈體的人，去世時的情況大多都不太好。」

櫻木先生像是要看向門的另一側般短暫移動視線後，有些難以啟齒地表示：

「該說是去世時的驚嚇吧？受到這個影響，他們會忘記死亡瞬間或在那之前發生的事情。而且也有以年、月為單位忘卻的案例。」

「以年、月為單位嗎？」

我下意識地回問櫻木先生。他先輕輕點頭，才接著繼續說下去：

「嗯。留靈體——要說是幽靈也沒關係——雖然不會再增加歲數，但仍會感覺到時間的流逝，這樣講你能理解嗎？很抱歉講得這麼複雜。雖然還不清楚他們的記憶究竟依存於何處，但因為幽靈已經失去『大腦』，故我們認為他們的記憶和感情會隨著時間經過逐漸變稀薄。因此，也有一說是，就算幽靈有著無法消除的『遺憾』，總有一天應該依然能夠成佛。在報告中，也有幽靈於無法成佛的情況下度過漫長的歲月後，記憶逐漸變淡的例子。」

「原來如此。」

我點點頭。關於幽靈的生態還有許多傳聞，有很多以外行人的眼光來看，根本不知道能不能相信的事情。能像這樣聽專業人士解說，真是值得慶幸的事情。

「即使如此，仍然幾乎沒聽說過像她那樣，明明才剛剛變成幽靈，卻完全沒有生前記憶的例子……她生前可能經歷過相當痛苦的事情也不一定。」

「真要說起來，有可能發生這種明明沒有記憶，卻抱有遺憾的狀況嗎？」

「這是因為『遺憾』這個用詞太難理解了。只要換成『做為幽靈存在核心的感情以及原因』這個講法，應該比較好懂。」

「『存在核心』嗎……」

「嗯。」

櫻木先生點點頭回應我。

「總之『遺憾』，或者該說『留戀』才是正確的用語，我不希望你在這個部分感到混亂。而幽靈在變成幽靈的瞬間，就確定了做為其存在原因的『核心』。無論他們在成為幽靈後發生任何事情，『核心』都不會有所改變。反過來說，只要能去除那個『核心』，幽靈就能成佛。雖然做法會比較困難，但也是有另一種不是直接消除『遺憾』，而是間接……或者該說在模擬的情況下完成其『遺憾』的方法。」

「另一種方法……？」

「沒錯。有許多想消除遺憾卻做不到的幽靈找上這裡，那可以算是令這類幽靈成佛的有效手段。該怎麼說呢……你有聽過『防衛機制』這個詞彙嗎？」

「有，在高中的倫理課有大致學過。」

記得那應該是心理分析的用語。人們因為欲求不滿等原因，陷入無法適應社會的狀態下，用來重新適應自我的機制。

「跟那個很類似，人們在無法滿足欲望時，會找別的方法取代，藉以滿足自我。幽靈也是一樣。就結果來說，只要能消除做為他們存在原因的『遺憾』，即使沒有實際滿足該『遺憾』也無所謂。不然我們也沒辦法做生意了。」

櫻木先生笑著說道。

「那麼你昨天所做的那個……」

聽見我所說的話，他露出苦笑表示：

「啊，那個啊。只是一點小魔術罷了，雖說我因此被稱為『幹練諮詢師』還什麼的就是了。」

「小魔術……？」

「或者說成是催眠術也無妨。我剛剛是說『間接』或『模擬』，這算是後者。」

話一說完，他將桌上的病歷表拿起來，咚咚敲了兩下桌子整理整齊。初夏的陽光透過薄薄的窗簾，在桌上映出搖曳的幾何圖形。

「由於你們似乎知道實情了，我就直說吧……那名少年──拓哉小弟的遺憾是『想要再次見到自己養的狗』，然而那隻狗已經去世了。大概是覺得年幼的他很可憐，雙親才隱瞞他這件事，卻因此造成問題。」

就結果來說，他因此變成了幽靈──櫻木先生補上這句話。

「所以我讓他確信『自己再度見到寵物』了。當然，不是真的達成他的願望。但他仍因為相信自己真的見到了而順利成佛。如果被說這麼做是詐欺，我會很難過的。」

我這雙看不見幽靈的雙眼，明確地捕捉到櫻木先生的眼眸中，有短短一瞬間閃過些許傷心的神色。

「但這種事情是真的辦得到嗎？」

「……嗯，一般來說應該是不可能。很抱歉我沒辦法簡單地解釋，這其中是有些

『訣竅』的。必須確實看出幽靈抱持的遺憾，然後對其講出最正確的話語。這需要能看穿一切的能力和能傳入其內心的聲音——而我很幸運地，天生擁有這兩樣東西。」

如果依照字面來解讀或許該說他是天賦之才，但櫻木先生卻用不覺得這是件好事的語氣說著。

「總之我們首先要處理的是失憶問題，一步一步來吧。今天先到此為止，下一次約在……」

與櫻木先生預約好行程並道謝後，我起身準備離開。這時他突然用與先前無異的平穩語氣，向背對著他的我說：

「請問……你是靈感異常者吧？」

「你果然……知道啊。」

「怎麼說呢，我好歹也是這方面的專家啊。」

看著我驚訝的模樣，櫻木先生的臉上閃過一絲苦笑，指了指我的白框眼鏡。因為幾乎沒有人察覺，害我都快忘記自己之前的確也對此說明過很多次。難為情的感覺讓我跟著露出苦笑。

白框眼鏡是靈感異常的證明。

「你應該是完全無法與幽靈互動吧？」

「嗯，是的……只靠這副眼鏡應該沒辦法察覺到這點吧？」

靈感異常也有程度之分。有只能朦朧看見幽靈輪廓的人，自然也有極少數像我這種完全無法感受到幽靈存在的例子。

「你們走進來之後，我多多少少有發現。畢竟你從來不曾直接與她互動。」

「咦……？」

我下意識發出疑問。這麼說來，我的確都是透過瀧尾和月見里同學與詩織小姐交流的。

櫻木先生用中指推了推眼睛後，用感到意外的語氣表示：

「究竟是為什麼呢？靈感異常的你，會插手跟幽靈有關的事情，很令人意外呢。」

「嗯，這算是一時鬼迷心竅吧。」

「……『鬼迷心竅』啊。」

聽見我這麼說而露出苦笑的櫻木先生，下一秒又像是思考起什麼事情般，用彎起的食指頂住下顎。

「……怎麼了？」

「這間『高村留靈體中心』是個能對應各式各樣狀況的地方喔。也能收留無家可歸，或是因為某些理由不能回家的幽靈。如果你們有需要，可以將詩織小姐交給我們，在她成佛前負責照顧她。我想如此一來，你也會比較輕鬆吧。」

「……請讓我稍微考慮看看。」

「不用在意錢的事情。只要知道她是真的無家可歸，自然有地方會幫忙出錢，不會要求身為她朋友的你們負擔費用。」

「……畢竟不是我能獨自決定的事情。」

「嗯，好好跟大家討論過再決定吧。那麼下次見。」

如此說完後，櫻木先生就笑著目送我離開。

我也不清楚自己為什麼沒有立刻同意櫻木先生的提案。大概是因為多少覺得這樣做很狡猾吧。之後我再重新思考這件事時，才發現自己可能在這個時間點，就對將詩織小姐的事交給別人負責感到不悅了。

「無論事情怎麼發展，對你來說都會很痛苦吧。」

當我走出診察室時，櫻木先生的輕聲細語滑入我的耳中——在我確認自己是不是真的聽見前，診間門關上的聲響早一步輕敲了我的鼓膜。

＊＊＊

「喲，你們談完啦。」

我一走出診察室，原本與坐在旁邊沙發上的阿姨聊天的瀧尾立刻往這邊看了過來。這個男人還是一樣，對大約半數的人類毫無節操可言。

「如何？」

「嗯……現在講就得費兩次功夫了，等回社辦再說吧。」

說實話，我其實還不知道該怎麼講才好。幸好今天放學後社團要開會，剛好可以見到學長姊們，這也不是什麼不能讓外人聽到的事情。

「好啦，距離下一堂課還有一點時間，既然都跑來了，我們吃完午餐再回去吧。」

『Let's go!』所以說妳不能吃東西吧。

就在我們等著支付診療費時，聽到呼叫下一位進診間的聲音。

「——小姐，請進。」

聽到名字被叫後，一位年輕女性從離我們稍微有點距離的沙發上起身。她的耳朵上戴著大圓圈耳環，並且擺出微微彎著腰，左手往斜下方伸出去的奇妙姿勢。那裡應該有幽靈吧。從手的位置來判斷，應該還是個孩子。

女性準備從我們旁邊通過時，突然不知道因為什麼事而停下腳步，慌慌張張地對我低下頭：

「真、真是非常抱歉。」

相對於突如其來的道歉吃了一驚的我，瀧尾則是冷靜地露出微笑並揮揮手。

「不會，請不要在意。」

「來，快點好好跟大哥哥道歉。」

她微微握起來的手在空中做出上下揮動的動作，大概是在要小孩子低頭道歉。代替搞不清楚狀況僵住不動的我，瀧尾繼續幫忙答腔：

「沒事的。我們反而比較在意這孩子有沒有事情。」

「不會，這真的是……非常抱歉。」

再次向我們道歉後，女性走進診察室當中。目送她的背影離去後，我才總算能向瀧尾詢問事情經過。

「……到底發生什麼事了？」

「那位女性帶的幽靈小孩在跑過去時跟你重疊在一起了。」

因為我是低聲詢問，瀧尾也用同樣的音量回答。

「呃……」

我下意識發出了低吟。

幽靈雖然有著與人類幾乎相同的外表，但物理上不存在，偶爾會發生與人類「重疊」的狀況。這似乎會對幽靈造成精神層面的痛楚。

當然，因為我沒辦法回避，在這件事上真的只能仰賴對方。話雖如此，「靈感異常」畢竟還不到廣為人知的地步，以現況來說，有時仍會被責備「為什麼不避開」。

畢竟是孩子做的事情，由父母代為道歉也不算奇怪，但總是有種奇妙的感覺。

「真的是很可憐呢。」

剛剛還在跟瀧尾聊天的阿姨，突然在我們身邊露出難過的表情，並且用以「自言自語」來說過大的音量如此說道。

「您知道些什麼嗎？」

「……哎呀，真是不好意思，你們聽見啦。」

畢竟妳都用那麼大的音量「低語」了，想裝沒聽見也辦不到吧。

「把這種事說出來真的沒關係嗎？」

雖然阿姨嘴上這麼說，但感覺她就像是忍不住要昭告天下。

『她很想講吧。』

「她其實很想講吧。」

瀧尾靈巧地傳達了兩人份的意見。

「那個男孩已經被車子撞死了，然而他的母親卻無法接受兒子變成幽靈的事實。她一直都是用彷彿兒子還在世的態度跟周圍的人說話。」

從很久以前開始，似乎就有這種無法接受身邊的人去世的人。自從人們發現幽靈之後，這種傾向變得更加強烈。

畢竟即使去世了也變成幽靈存在於世間。不僅能聽見他們的聲音，也能看見他們的身影——除了像我這種靈感異常者之外。

「不過啊，我們家也很類似。雖然父親已經去世了，但是小孩怎麼樣也無法接受……究竟該怎麼讓孩子知道父親已經是幽靈的事情呢。」

一般而言，大眾對幽靈的認知是「應該要超渡的存在」。已經去世的人好不容易能留在身邊，應該讓他們一直留下來才對……人們或許會自然地如此思考也不一定。然而如果已經去世的親人一直留在自己身邊，那就表示無論經過多久，自己可能都無法跨越那個人死亡的事實。

幽靈不會增加歲數。人類無法碰觸幽靈。幽靈終究是「曾經是」人類的存在——與人類不同。大家肯定都很清楚這件事。但充其量是「理智面」能懂，「感情面」卻無法跟上。

而且即使能夠半永久地留在世間，對幽靈來說應該也不是好事。一直看著這個自己已經無法接觸的世界，肯定令他們很痛苦吧。

在能夠看見、遇見幽靈之後，接受親人的死亡、成佛一事，可能痛苦到身為靈感異常者的我無法想像也不一定。

——正因為如此，靈感異常的人們無意識或者主動傷害幽靈時，遺族會強烈譴責我們吧。

接下來雖然我們直到阿姨被叫進診察室前都在聽她抱怨，但我也沒有多說什麼。

抱著難以平復的心情，我跟著瀧尾走出留靈體中心。

＊＊＊

從隔天起，我們重新開始調查起「詩織小姐」的事情。無論如何，先確認詩織小姐的真實身分，正是讓她恢復記憶的捷徑——這是我們最後得出的結論。只要能恢復生前的記憶，應該能夠更容易得知她的「遺憾」是什麼了。

我們目前至少知道，她是「在三個月前去世，名為『詩織』的女孩子」。即使這其實有可能是錯誤情報，但比起直接認為情報有誤，我們寧願賭她確實記得自己的名字，而且清楚知道自己去世多久。

如果這樣也不行，只好舉雙手投降了——也不是不能這麼說。

至於該怎麼做，只要依照去世的時期與名字比對調查，不是完全沒有找到的可能性。

然而詩織小姐畢竟是「失憶的幽靈」。

『會成為留靈體的人，去世時的情況大多都不太好。』

『該說是去世時的驚嚇吧？受到這個影響，他們會忘記死亡瞬間或在那之前發生的事情。』

櫻木先生的這兩段話從我的腦中閃過。雖然不是很願意想像這種事——但是詩織小姐因為遇上事故或是意外而去世的可能性也不低。

為了這個可能性，我跑去大學圖書館和附近圖書館調查最近發生的事故，然而……

（沒有任何收穫。）

不知道是我第幾次嘆氣。眼前的報紙被我攤開，發出小小的摩擦聲。我大致上看過所有重大新聞，卻沒有找到任何名為「詩織」的死者。

（難道是遇上更大規模的意外或事故嗎……？）

如果是出現大量死傷者的意外，報紙不會一一列出個人的名字。

而且因為ＳＮＳ的盛行，即便是被害者，盡可能不公開本名的趨勢，似乎變得比過去更加強烈。在開始這項調查前，我都完全忘了這件事。據說是因為從ＳＮＳ挖出大量個人情報，藉此做出引發遺族不滿之言行的人不斷增加的關係。另外就是因為幽靈的存在，讓人們開始在乎起「死後的個人情報」。

明明看過那麼多次有關重大傷亡的新聞報導，卻到有必要時才察覺這項重大的改變，讓我發現自己平時過得多麼漫不經心。

「你那邊有什麼收穫嗎？」

我聽見低語後，一回頭就看到情緒似乎很低落的瀧尾站在那裡。看來他那邊也沒有得到什麼成果。

我輕輕地左右搖了搖頭。

瀧尾用拇指指著談話室，我在收拾好看完的報紙後跟過去。隨便找個並排的座位後，我與瀧尾毫不掩飾疲憊地坐了下來。

「唉唉，比想像中還要麻煩呢。」

『對不起……』

總覺得連瀧尾遞給我看的文字也沒什麼精神。

「啊，不。畢竟是我自己決定要做的事情。」

我邊搔著臉頰邊移開視線，從眼角看到瀧尾露出令人不爽的苦笑。

「你那邊似乎也沒有任何斬獲呢。」

「是啊……我用『三個月前去世』跟『名字』這兩個條件去做比對，但說真的沒被登出名字的人比較多。我比對到一半時，也開始調查起以年齡來說很有可能是詩織小姐的女性死者這條線索……」

我邊說邊從懷中取出紙條遞給瀧尾。

「原來如此……不是名字完全不同，就是住的地方離這裡太遠。看來沒有在這個名單裡面。」

「就是這樣。」

我點頭同意瀧尾的話，再次嘆了口氣。

「那麼，你那邊呢？」

「跟你差不多。」

一聽到我的詢問，瀧尾就做出邊聳肩加上搖頭這種靈活老外般的動作回答。

由於我跟詩織小姐兩人獨處將會無法溝通，所以都是讓她跟瀧尾一組。另外就是比起跟著我調查意外或事故，瀧尾負責查的事情對她本人來說在心情上應該也比較輕鬆。

「我已經動員了我所有的『人脈』，詢問有沒有人認識一位名叫『詩織』、大約在三個月前去世的女孩子，卻得不到任何有力的情報。」

可以推測他所謂的「人脈」大半都是女孩子。

從能跟我當朋友這點就很明顯了，這傢伙某種程度上擁有不論對方性別，立刻能與他人混熟的高超交流技巧。話雖如此，他還是只有在面對大約占了人類半數的性別時，才會積極主動地交流。

「詩織小姐，我問一下喔，這傢伙如何搭訕在路上遇到的女孩子？」

我半開玩笑地問完，瀧尾就撇開視線、吹起口哨。

「喂喂，好好翻譯啊。」

「哎呀，比起這種事情，不知道月見里同學那邊有沒有查到什麼呢？」

看著明顯想扯開話題的瀧尾，我再度發出快變成習慣的嘆息。

「那邊似乎也沒有任何成果。」

「是喔。」

應該是從一開始就不抱持期待吧，瀧尾非常乾脆地不繼續追問。月見里同學雖然去找是否有相關的尋人啟事，然而留靈體中心應該也有掌握這類的情報，能找到新情報的可能性並不大。

『是這樣啊……』

「詩織，妳不用那麼失望。雖然可能要再多花一些時間，不過大家都會一起努力的。」

瀧尾用溫柔的聲音，安慰著我看不見的詩織小姐。她一開始明明就喊著「請讓我成佛」然後到處追著我跑，最近卻變得很安分。

『那個……對不起，麻煩你們了。』

雖然覺得她猶豫的語氣中帶著不協調感，我還是重新打起精神。

「總之才剛剛開始……我們繼續加油吧。」

＊＊＊

「哥哥，歡迎回來～還有詩織！」

「嗯，我回來了。」

一回到家，慵懶地坐在客廳的小夏就立刻對我們搭話。由於她穿的是非常短的熱褲，如果這個人不是自己親妹妹，我真的會不知道該把目光往那邊擺。

「竟然才這個時間就回家，哥哥你身為男友實在不合格耶。機會這麼難得，為什麼不玩晚一點再回來呢？」

「就說妳搞錯了。」

到底是什麼樣的原因，使得妹妹把詩織小姐誤認為是我的女友呢。

小夏抬起原本埋進少女雜誌的臉龐，繼續說道：

「對了對了，哥哥，對不起喔。」

「怎麼了，為什麼突然道歉？」

「哥哥跟詩織先前沒有交往，對吧。」

「……所以說，我先前不就講過了。」

我妹妹為什麼突然說出這種話啊。

「哎呀，我先前真是太冒失了。重新恭喜兩位！聽說你們從昨天開始正式交往了？」

「……妳到底在說什麼？」

「瀧尾哥哥都跟我說了！」

……那個傢伙！

大概是我內心的慘叫化為呻吟聲外露了吧，小夏一臉邪惡地看著我。

「咦咦，哥哥果然還是想要親口告訴大家嗎？」

「就說不是這樣了！應該說，我們根本不可能交往……」

「好啦好啦，不要再說這種話了。」

「聽我說啊！」

「……所以說，瀧尾，你到底在想什麼？」

當晚，我打電話給瀧尾。由於一直被家人調侃，弄得我整個人疲憊不堪，所以不罵一下這傢伙，實在難消我心頭之氣。

『嗯～～我是覺得講成這樣會比較方便啦。』

「我精神上的寧靜又該怎麼辦？」

『又不會怎樣，反正也不會少塊肉。』

「會少啦！」

要是本人就在面前我絕對會揍他一拳。

『這是個很好的機會啊，你就快點習慣幽靈在身邊的生活吧。』

「我說啊，你這種講法未免……」

接著我又跟瀧尾閒聊了好一段時間，才掛掉電話。

我凝視手機畫面一段時間後，突然想起要跟另一名朋友聯絡。這麼說來，在我們剛成為同班同學不久後就交換了手機號碼，但是我從來沒打過這支電話。

待接聲響了十次左右，正當我開始覺得下次再說時，對方突然接起電話。

『你、你好，我、我是月見力……！』

她咬到舌頭了。在一陣短暫的沉默後，我決定當做什麼事都沒發生。

「啊，月見里同學嗎？我是小鳥遊。」

『……小、小鳥遊同學？怎麼這麼突然？』

「妳沒事吧？我是不是挑錯時間了？要晚點再打給妳嗎？」

『沒、沒、沒關係沒關係……哇！』

在一陣危險的聲響透過電話那頭傳來後，聽到月見里同學用非常平靜的語氣說：

『怎麼了嗎？為什麼突然打電話給我？』

「沒有啦，是關於詩織小姐的事情。我想說先跟妳報告一下現況。」

『啊……嗯，麻煩你了。』

包含跟瀧尾交換來的情報在內，我把這幾天累積的成果告訴月見里同學後，她嘆了一口氣。

『這樣啊，大家都很努力呢……』

「月見里同學不是也在調查尋人啟事嗎？」

『嗯，是這樣沒錯……不好意思。』

「妳為什麼突然要道歉？我們不是說過，妳畢竟還有管樂社的練習要忙，所以不用太勉強的嗎？」

雖說我的立場就像志工，但月見里同學也是出於一片好意才來幫忙，要是對她抱怨可是會遭來報應的。至於瀧尾……算了，對那傢伙來說，跟女孩子待在一起是他的生存意義。

『對不起……謝謝。』

「為什麼月見里同學要道謝呢？」

『咦？啊、啊哈哈……也對。』

微微的苦笑聲通過電話傳來。接著月見里同學不經意地說出：

『那個，小鳥遊同學，果然不找回記憶，就沒辦法讓詩織成佛，對吧？』

「咦？」

『假設，這只是假設喔？會不會詩織的記憶其實讓她非常痛苦，不要回想起來反而比較幸福呢？』

「……」

月見里同學的這番話，讓我陷入沉默。對於只考慮要讓詩織小姐恢復記憶的我而言，月見里同學所說的內容以及她純粹的語調，都伴隨著難以想像的衝擊。

『所以是不是能找出不用恢復記憶，就能消除「遺憾」的方法……啊哈哈，不可能有這種方法對吧……對不起。』

「月見里同學……」

『小鳥遊同學！』

像是要打斷我繼續說下去般，月見里同學大聲呼喊了我的名字。

『一起加油！我們努力超渡詩織吧……！』

感覺她的這段話是講給自己聽。

後來我們聊了一下明天的課程以及班對的傳聞，我卻幾乎都沒能真的聽進去。

今天真的講了很久的電話呢，我一邊想著這個月的通話費，一邊倒在床上。

「……總之，先洗澡吧。」

轉換一下心情，搞不好能想到什麼好點子。我想著這些事逃避現實，拿著換洗衣物走下樓梯。

大概是有人早了一步，可以聽見浴室傳來淋浴的水聲。因為雙親正在客廳看電視，推測應該是小夏在洗澡吧。

——雖然這真的是非常愚蠢的情況，然而我目前明明在煩惱詩織小姐的事情，卻完全沒有考慮她究竟在我家的什麼地方。

我決定先去客廳等小夏出來。但因為一直拿著衣服很麻煩，想說先放進更衣間裡。

「小夏，讓我放衣服喔。」

「哥、哥哥？等、等等……」

原本覺得反正妹妹正在洗澡，進去更衣間應該無所謂……我才剛打開更衣間的門，妹妹就用力推開浴室門並探出頭來。

「等等，妳做什麼……」

即使是兄妹，看到正值青春期的妹妹做出這種事，讓我很焦慮。

「你這個變態！竟然敢偷看詩織小姐！」

「……啥？」

「詩織小姐還在換衣服耶！」

「……我又看不到。」

「……啊。」

大概是理解目前的狀況了，原本很激動的妹妹立刻冷靜下來。

「對、對不起。也對……」

「沒、沒關係，我不介意。」

「啊哈哈……」

只把頭探出來的妹妹哈哈笑著。連這種事都想不起來，她應該是真的很焦急吧。

「說得也是，反正你看不到啦。看不到就沒問題了……最好是這樣啦！這個笨蛋哥哥！」

在被妹妹丟出的臉盆擊中額頭的同時，我感到意識逐漸遠去，也在這個節骨眼上才思考起「原來幽靈也會洗澡」這件事。

＊＊＊

「啊哈哈，還真是一場災難啊。」

「就是說啊。」

隔天瀧尾、我以及詩織小姐為了辦手續前往事務所。我與瀧尾之間的話題，坦白說就是前一天我跟妹妹的對話內容。

「不過啊，你還是有好好完成任務呢！都跟女友住在同一個屋簷下了，至少也要做到這點事情吧！」

「可以吐槽的地方太多了，麻煩你縮小範圍。」

我邊想著「拜託饒了我吧」，邊嘆口氣。

「而且這樣也會讓詩織小姐很困擾吧。」

我話一說完，瀧尾就面露賊笑，遞出手機。

『我很喜歡昴同學喔？』

「……瀧尾，玩笑不要開得太過分喔。」

「我只是直接翻譯出來喔？小鳥遊，你的臉很紅呢。」

「囉唆。」

就在三人瞎聊一通時，受理櫃檯那頭喊了我們的號碼，看來是輪到我們了。

今天同樣是要辦理跟詩織小姐有關的手續。

由於這個國家在二〇〇六年正式實施了「留靈體管理法」以及「留靈體登錄法」，對於幽靈的登錄制度可說是相當完善。能夠在發現幽靈的短短十年內就將其制度化的背後，聽說某方面是參考「外國人登錄制度」。死亡證明書上列有「是否有幽靈化」的項目，在幽靈成佛後也必須提出文件——「成佛證明書」。日本靠著這些制度，從國家層級管理幽靈。

根據麗華學姊所言，由於幽靈當中包含殺人案件的被害者，人們強烈希望能讓被害者幽靈擔任證人，以便迅速解決這類案件。這也是制度能夠如此迅速建立起來的原因之一。

『詩織小姐說不定沒有做過留靈體登錄喔？』

提出這個疑問的是社長，透過簡訊傳來的聯絡中這麼寫著：

『如果詩織小姐是在死亡的同時失去記憶，那麼她的遺族不知道詩織小姐變成幽靈的可能性很高。這麼一來，詩織小姐就有可能是「未登錄留靈體」，登錄後說不定就能得到一些情報，所以還是早點登錄比較好。』

雖然不清楚社長為何這麼了解與幽靈有關的制度，但是一直沒有登錄就這樣放著不管也是個問題。於是事情變成我跟瀧尾再次利用空堂出公差，幸好區公所離我們的大學很近。

「對了，先前應該有戶籍吧，要是能調查那個……」

瀧尾低聲說道。但是戶籍這種東西怎麼可能讓我們外人查閱。雖然我想過，如果是詩織小姐本人去申請查閱或許還有機會，然而她不但沒有記憶，也沒有任何證據能夠證明她真的就是「詩織」。

我原先很擔心面對這類失憶的幽靈，公家機關是否願意受理，但似乎只是我在杞人憂天。不知道員工教育手冊裡是否有詳述在面對這種情況時的處理方式，我只在地址欄填上我家地址，在監護人欄裡填上我雙親的姓名後，手續就順利完成了。我將剩餘的瑣事交給瀧尾負責，先一步離開櫃檯。

這時的我可能是忽然鬼迷心竅也說不定。

我突然環顧起四周。

擺設在等候區的沙發，人們坐在各自的位子上，等待叫到自己的號碼。這是我的雙眼所能看見的、確實存在的世界。如同混入這個世界……或著該說與這個世界並列存在的幽靈們也在那裡。

明明已經去世的至親好友。有這種人陪在身邊的生活，究竟是什麼樣的感覺呢？有幽靈生活在身邊的遺族們，在面對相片或是肉體與幽靈重疊等等會讓幽靈感到痛苦的事情，總是強烈抗議著。這肯定是那些遺族曾經一度失去過他們，所以很害怕會再被傷害一次吧。

數十年前，人類與幽靈的關係還只存在於故事當中。然而，明明身處目前這個時代、這個社會，那依然是我無法理解的關係。

——關於有時仍會深深地傷害我的這件事，我還是會深感嘆息吧。

只要閉上眼睛、摀起耳朵，我就能不用面對自己無法與幽靈交流的事情；我就能說著：「啊啊，應該是這個感覺吧。」彷彿觀賞發生於其他世界的故事般，採取隔岸觀火的態度。

但是我也有預感，我可能沒辦法一直保持這種態度。

過去在小說中登場的幽靈能夠穿越牆壁，也能飄浮在半空中，是一種在各方面都很「便利」的存在。然而實際上「被發現」的幽靈卻不同——不僅僅被重力束縛，也無法直接穿越牆壁；由於沒辦法對世界施加物理上的作用，所以也不能進入關上大門的建築物當中。該說這是因為他們「被生前的常識給束縛」嗎……坦白說，人類對於幽靈相關的事物可說是幾乎不了解。

關於幽靈目前政界和學術界議論紛紛，在去年的參議院選舉中，各政黨的政見中都列舉了許多針對幽靈權的相關辦法。

我們究竟該如何與這樣的幽靈相處呢？

＊＊＊

『少年，跟我約會吧。』

「……學姊，我這邊訊號不太好，能麻煩妳再講一次嗎？」

『少年，跟我約會吧。』

學姊竟然用完全相同的語氣重複了一次。

這是某一天晚上發生的事。突如其來又意義不明的電話，讓我的頭痛更加劇烈。

我們已經搜索了大約一星期，卻沒有得到任何較大的收穫。才剛與瀧尾他們交換完沒什麼內容的成果後，帶著還稱不上失意的疲勞感回到家，就接到這通電話。

『怎樣啦，美麗的麗華學姊主動邀你耶，你應該要心存感謝才對啊！』

「……學姊是吃了什麼不好的東西嗎？」

『這個世界上沒有不好的食物！只有人類的胃不夠好！』

「對、對不起？」

雖然沒有搞懂狀況我還是先道歉。剛剛一瞬間彷彿聽到什麼至理名言，但是老實說，我完全聽不懂。

學姊單方面說完會合的地點時間，要求我複誦一次後，她就說『繼續講下去太浪費電話費』這種極度自我中心的理由，並掛電話。

（不過，這也是因為我自己唯唯諾諾地答應她啦。）

不過短短幾個月已經習慣了，我未免太有當忠犬的素質了吧——我仰望著世界有名的忠犬雕像，同時這麼想著。畢竟，我比約好的時間早二十分鐘抵達。

「很好很好，有乖乖來。」

順帶一提，現在是比約好的時間晚五分鐘。

「抱歉，等很久了嗎？」

雖然我真的很想回「我等了二十五分鐘」——

「……沒有，我也剛到。」

「講這種台詞的時候，語氣再流暢一點比較好喔。」

「我會銘記在心……所以今天要去哪裡？」

「你應該很在意新發售的鏡頭吧？我也正想去看一下，想說順便找你一起去。」

學姊身穿黑色的緊身牛仔褲，配上寬鬆的白色上衣，是素雅且成熟的打扮。另外肩上背著她最中意的相機包。雖說我立刻認出那是相機包，但一般人應該分辨不出這是哪一種包包。不直接拿著相機到處走動，算是我們這種攝影愛好者聊勝於無的自衛手段。

麗華學姊的內在雖是那副德行，但外表上是十個男人與她擦身而過時，十個都會回頭的美麗容貌，要我走在她旁邊多少會有些沒自信。即便我也是襯衫搭配牛仔褲再加上相機包，與學姊沒有太大差異的打扮，還是沒辦法像瀧尾那樣。

「所以說要去家電行嗎？」

「嗯，就先到家電行詢價後，去家庭式餐廳坐一下吧。放心，飲料吧的錢我來出。」

學姊。

「感覺很半吊子耶……」

在對學姊仍舊不會顧及他人的態度露出苦笑的同時，我小跑步追上早一步往前走的學姊。

無論是我或學姊，其實都已經收集好一組必要的鏡頭。但是只要出新的，或著聽說有品質很好的鏡頭時，依然會很在意，這可以算是攝影師的宿命，甚至可以說是某種病症。不過在這點上，我認為無論是哪種興趣都差不多。

問過好幾間家電量販店的價位，再度因為中意鏡頭的價格而大吃一驚後，我跟學姊往家庭式餐廳走去。

「那麼也差不多該……」

學姊一邊往後看一邊露出滿足的笑容。

「為什麼突然擺出這個表情啊？」

「小鳥遊小弟，你有注意到嗎？他們三個人都有跟來喔。」

「啥……？」

三個人？

「就是瀧尾小弟、舞彩跟詩織啊。」

「什麼？」

這真的有如晴天霹靂。大概是對於眼前的相機太過著迷，我完全沒有注意到背後有人跟著的事情。

「因為我們一直在聊相機的事情，他們似乎覺得無聊就先回去了。哎呀呀，瀧尾小弟也真是辛苦了。」

「等等，事情是什麼時候開始變成那樣的？」

「這個嘛，畢竟我是打電話給你，依附在你身上的詩織自然會聽到你的回答吧。」

這麼說來，我記得學姊有強迫我複誦約好的地點跟時間。

「學姊，難道妳……」

「哎呀，等你回家得做不少說明呢，應該會很辛苦吧？」

「一切都是妳的陰謀嗎？」

「啊哈哈哈哈。」

我實在沒有那個精神繼續跟一臉事不關己地笑著的學姊抱怨，只覺得全身無力。

「那麼，你有稍微提起精神了嗎？」

「……學姊？」

「最近無論是你或其他人感覺上都幹勁十足，但有點勉強自己衝過頭啦。身為學姊的我認為，要是不讓你們偶爾放鬆一下，很快就會被壓垮喔。」

學姊在說這段話的時候，露出了非常溫柔的表情。直率地向她道謝讓我覺得很害羞，忍不住繞遠路耍起嘴皮子。

「……所以這算是學姊的婆心？」

「沒錯沒錯，就是婆……我可是花樣年華的二十歲女性啊！」

一記手刀讓我的腦袋前後搖晃。然而如果說出這記攻擊讓我感受到一股暖意，肯定會被當成變態吧。

「不要對別人的用語雞蛋裡挑骨頭啦。」

「欸～～是喔～～在跟女性年齡有關的話題上，故意投出頭部觸身球的你，竟然講這種話？你還真好意思。」

「對不起。」

我露出苦笑對滿臉怒容的學姊道歉。此時我也感到自己的心情比平時輕鬆不少。

回想起來，我在諸多方面都受到麗華學姊的照顧，她真的在各方面都很優秀呢。

正當我想著要以不會感到羞恥的形式向學姊道謝，並準備開口的瞬間……

麗華學姊突然停下腳步。這突如其來的狀況使得我一陣踉蹌，於是我轉過身打算跟學姊抱怨個幾句——

然而學姊那詭異的模樣，使得我瞬間說不出話來。

「……學姊？」

她慌慌張張地將背在肩膀上的相機包藏到背後，臉上更是浮現如同硬擠出來的生硬笑容。

「哥、哥哥……你怎麼會來這裡？」

麗華學姊無視周圍的目光大聲問道。由於跟她平常的語氣相比用詞較為幼稚，使得我嚇了一跳。當我將目光順著學姊的視線看過去後，驚訝度更是倍增。

學姊注視的地點，應該是在我前方五公尺，大約胸部高度的空間。然而那裡什麼都沒有。我往旁邊看去，發現一名年輕男子的視線正來回於麗華學姊跟空曠處之間。

「真是的，就說不是這樣了。」

我不知他們到底在說什麼，也不知道那個男的在看什麼。

然而我畢竟習慣了，瞬間凍結的思考立刻恢復運轉，並且導出唯一的解答。

——麗華學姊的「哥哥」是幽靈？

「不、不是啦！不要講那種奇怪的話！」

麗華學姊伸手緊緊握住不知該如何應對的我的左手。我還來不及為她這突如其來的舉動驚訝，學姊尖銳的低語就滑入我的耳朵。

「小鳥遊小弟，走了。」

「咦？但是？」

「快點！」

「等等，學、學姊？」

麗華學姊突然跑了起來。完全無法享受學姊手掌中柔嫩的觸感，我在因為學姊奇妙的態度陷入一片混亂的同時，被她拉著離開。

＊＊＊

「抱歉，突然拉著你跑。」

「不會，我是不介意啦……」

結果，我們兩個人就這樣跑進第一間進入視野的家庭餐廳。在麗華學姊懇求的眼神下我沒有開口抱怨，決定先點餐和飲料吧，之後再請她解釋。

保持沉默、機械式地在平板電腦上點好餐點，學姊只跟我道了歉，就一直低著頭不發一語。我不習慣面對這種狀況，況且還是在這種難度超高的現況下，我的腦袋只能一直空轉。

「總、總之我先去拿飲料。」

我沒等學姊回答就從座位上起身。由於周圍的人彷彿都在用視線示意著「他逃走了」，讓我覺得背部刺痛。饒了我好嗎？

我先隨意裝了兩杯飲料，並將其中一杯遞到學姊面前。雙手握拳、放在膝蓋上的麗華學姊，在我拙劣的催促下重重吐了口氣。她先是緩緩伸手拿起玻璃杯，接著突然心念一轉，彷彿強迫自己振作般一口氣把飲料喝光。她放回桌上的空杯傳來冰塊碰撞的聲響，該怎麼說呢，總覺得聽起來有些悲傷。

在我眼前露出無力笑容的少女，跟平時的她完全是兩個人。那副彷彿幼雛失去親鳥的模樣，跟平時開朗的麗華學姊根本無法聯想在一起。

「啊哈哈，對小鳥遊小弟做了壞事呢。」

「……不會啦，不過就是朋友的家族裡面有幽靈而已，請不要在意。」

「我大哥——『哥哥』從五年前因為意外去世，在他還十七歲的時候。」

不是「在」五年前，而是「從」五年前。這在與幽靈共存的時代中，是理所當然的說法。然而她口中的話語，卻帶有諷刺的色彩。

「當時的我非常黏哥哥，所以即使我已經念國三了，還是哭得亂七八糟。而我的雙親，該怎麼說呢，算是完全被擊潰了，他們滿腦子想的都是『把我兒子還來』。結果哥哥還真的回來了——當然，他成了幽靈。」

碎冰塊在麗華學姊雙手握住的杯子中晃動著，彷彿反應著她內心的波瀾。

「能再見到哥哥我真的很高興，甚至覺得這個世界上不再有悲傷了。但是我無法碰觸哥哥，讓我無法逃避哥哥真的已經去世的事實。」

這對於當時還是國中生的學姊而言，是非常痛苦的事情吧。最親近的人雖然回到身邊，卻無法碰觸到對方。可以說是比生與死還要遙遠的距離。

「哥哥就在這裡，留在我們身邊……但是一旦他成佛，就會再度消失不見。我的父母似乎光是想像這件事就已經無法承受。」

所以——從那一天起，我們家族的時間就停止了。

學姊邊說邊露出悲戚的微笑。那是放棄了某些事物的人們所特有的表情。

幽靈不會再增加歲數。

根據櫻木先生的說法，幽靈雖然會隨著時間流逝，產生記憶風化等變化，但是仍然跟會一天一天老去的活人不同。一旦配合幽靈，自然會出現辦不到的事情。

「很莫名奇妙吧。我現在的確也能見到哥哥，雖然他成了幽靈，依然可以跟他說話。」

她放在桌上的雙手緊握成拳。不知何時端上來的炸蝦定食正一點一點失去熱度。

「我很奇怪吧？哥哥明明就在那裡啊！可以看見他，也可以跟他說話，我卻感到很難過、很痛苦，我是不是有哪裡不對勁？我明明知道這點，明明就能理解……！我真的不知道該怎麼面對哥哥，因為我的年紀……已經比哥哥還大了。」

最後的那句話，聽起來像是懺悔般。

最近為了調查詩織小姐的身分，我學到很多與幽靈有關的事情。

雖然整體輿論偏向「尋找與幽靈共存的道路」這種理想論，但是這條「共存之道」卻遍布許多障礙。

嘴上講要承認「幽靈擁有與人類相同的權利與義務」很簡單，然而「私有財產所有權」或是「勞動義務」又該怎麼處理？向警方報案被跟蹤狂盯上結果犯人自殺，還變成警察也無法逮捕的幽靈，並持續二十四小時跟蹤被害者，最後將被害者逼到發瘋，這種感覺不真實的案件上演過。末期醫療的現場，要求「與其吊點滴活下去不如變成幽靈」的病患不斷增加，甚至開始有人認為有為此修法的必要性。

習慣世界上沒有幽靈的世代，對於幽靈的抵抗感非常強烈。如同大眾所熟知，隨著電腦與網路普及，會使用ＩＴ技術的人們與不會使用的人們之間的落差，造成了名為「數位落差」的大問題，而模仿這個用語定名為「靈魂落差」的現象，也逐漸浮上檯面。以高齡者為主，有許多人抱持著「認同幽靈的存在等於是褻瀆生命的尊嚴」這個想法，大聲疾呼應該要放棄使用看見幽靈的方法。

其實所有人都一片混亂。隨時都能見到成為幽靈的至親好友——這種表面上的事實想像出來的烏托邦還不存在於這個世界上。

幽靈絕對不是人類，人類的心則受到幽靈的影響。

從文字上得知的這項事實，重新化為現實衝擊著我的內心。

這麼說來，我從來沒有問過學姊為什麼會玩攝影。

對學姊而言，她的攝影說不定是為了讓停止的時間重新動起來的儀式。那是一把看不見的枴杖，為了在逐漸成長的自己以及靜止的家人之間保持平衡，支撐著變成大人的自己。

「學弟。」

是的，學姊再次開口。聽她的語調似乎是已經冷靜下來了。然而我可以輕易從她的音調中察覺到，糾纏學姊已久的心結依然沒有解開。

「其實應該要讓幽靈成佛才對，你應該也這麼認為吧？」

我當然不可能知道要說什麼來回應這段話。
只能一直看著手邊逐漸回溫的冰紅茶。

■他與她與我的工作

「哎呀，真不虧是櫻木老師！」

「老師，真的太感謝你了。」

那是在這些讚賞還能讓我感到高興的時候。

「不會不會，我還有待精進。」

「這是我身為諮詢師的工作。」

是我還能抬頭挺胸回應那些話語的時候。

『天才諮詢師櫻木，讓我們一窺他平時的模樣！』

『焦點人物專訪，超渡承攬人櫻木真也！』

在那些報導與我的照片還能讓我感到自豪的時候。

我遇見了那對少年與少女。

＊＊＊

「沒問題，交給我。」

「還請你多多幫忙……！」

露出感動到快哭出來表情的一家子，數度向拍胸脯保證的我道謝。這次的委託，是讓剛成為幽靈的高中生——或著該說「前高中生」成佛。

那應該是非常簡單的工作。至今為止我面對過好幾個有著更麻煩的死因或遺憾的幽靈。說實話，這個委託太過單純，甚至讓我覺得掃興。

當然，我也不是會把情緒寫在臉上的小孩子。

「老師……香織就拜託你了！」

少女的男友也與她的家人一起向我鞠躬，當時的我在俯視他髮旋的同時，應該展現了充滿自信的笑容吧。

「放心吧，我立刻就會讓她成佛。」

女孩的家人與少年在聽到我這麼說後，全都露出鬆口氣的笑容。如今回想起來，同樣在場的幽靈少女則是表情複雜，給了我一個淺淺的微笑。

究竟該不該讓幽靈成佛，這是至今仍沒有得出結論的問題。即使如此，我所隸屬的高村留靈體中心依然常常接到「希望能讓幽靈成佛」的委託。

留在這個世界上的靈魂——「留靈體」，俗稱「幽靈」。人類的社會可能還沒有成熟到，能夠接受這個某種程度上來說比外星人還麻煩的存在。

幽靈留有「遺憾」……換個說法就是對這個世界還有「留念」的存在。那絕對不是一個良好的精神狀態，所以我認為遺族希望幽靈能從痛苦中解放的願望，是非常正確的想法。

另一方面，「這種不明所以的東西當然應該要消失」——我抱持著這種類似諷刺的想法也是事實。即使嘴上說「這是為了幽靈」，實際上卻是為了還活著的人類。

無論如何，接受幽靈的諮詢、順著委託者的意願超渡幽靈，是我的工作。果斷地露出笑容對我而言並不困難。

關於那名少女——可能是某種因緣吧，她與我後來認識的少女「詩織」有著類似的名字——香織的事情，對我來說只是工作的一環。我該做的事情本身非常簡單。實際上，即使沒有我的協助，香織小姐應該也能在不久之後成佛。

察覺她的「遺憾」是與少年——和人同學之間的生活突然劃下句點一事，其實比解開蝴蝶結還要容易。我應該要做的事情，只有建議讓他們度過屬於兩人的幸福時光而已。我只要在一旁看著，偶爾給他們一些建議就夠了。

風向大約是從半年後的某一天開始有所轉變。

露出走投無路的表情來找我的少年，坦白地對我說：

「老師，我不希望香織消失。」

聽見和人同學的這段話後，我究竟是怎麼回答他的呢？至今我依然不想去回憶，也完全不回想。我應該是以大人為了要在不易生存的社會上活下去所使用的話術來回覆他──

「香織會成為幽靈，表示她抱有『遺憾』，並且為此感到痛苦呢。覺得即使這樣也希望她留在自己身邊，是很殘忍的事情喔……」

我應該有好好地注視一直低著頭的少年吧。

從那一天起，和人同學的臉上就被陰霾籠罩，甚至開始影響到香織。

「老師，和人他究竟是怎麼了？」

「沒事的，畢竟考試快到了，而且他正好處於心靈最不安定的年齡。」

「是喔……」

那個面露虛幻笑容的少女在幾個月之後成佛了。

少年則是在那件事發生的幾天後再度前來拜訪我。

他抬起被雨滴打溼的臉龐，表情充滿無處發洩的憤怒以及足以令人顫抖的哀傷。

「和人同學……？」

「為什麼！為什麼你讓那傢伙、讓香織消失了，卻還笑得出來？把她還給我！」

我逐漸遠去的聽覺確實聽見了這句話。

「把香織還給我！」

「和人同學……」

我唯一能做的，只有重複叫著他的名字。

「是老師……不對，是我讓香織消失的，對吧？」

他說完之後，就邊哭邊露出了笑容。

——過沒多久，我輾轉從別人那邊聽說，他跟家人搬到離這裡很遠的地方去。

究竟是雙親判斷，只要繼續待在這座城市裡，兒子就會持續痛苦下去，或者說有其他必須搬家的理由呢？由於我害怕確認這件事，就沒有繼續打聽下去。

要說我不會對於超渡幽靈一事感到害怕是騙人的。

我至今為止所做的事情究竟是什麼呢？

我突然注意到，自己從來沒有關心過那些在幽靈成佛後的遺族究竟過得如何。我想要的只有他們的讚賞，根本不曾在乎他們接下來會過著什麼樣的人生。

說不定他們其實憎恨著我？

一張張曾經稱讚過我的嘴巴，這次是否跟別人抱怨，讓他們的至親成佛的我，根本不是人呢——

到了這個地步，卻還在介意「他人對自身評價」的我，深深對自己感到絕望。即使我知道，這其實也是一種偽善。

隔了一段時間後，我下定決心。

我不會再讓生者跟死者有所牽扯。那只會讓生者產生「遺憾」，讓他們感到痛苦而已。

那麼，就由我來完成所有的事情。

以現代死神的身分，將幽靈送去那個世界。將遺族從痛苦中解放，必要的話承受他們的怒氣，這就是我的……只屬於我的工作。

第四話　那段日子的結束與關於戀愛這種事

剛進入高中後不久，我曾經一度嘗試離家出走。

並非「想要離開這裡，前往某個遠方」這種冠冕堂皇的理由，單純是為了反抗父母而跑出家門罷了。我沒有偷機車出走，而是乖乖地搭電車離開。

無論是看不見幽靈的自己，或是不知道該如何面對我的雙親，都讓我感到厭煩，也覺得像這樣耍任性說不定能改變什麼。如今回想起來，大概只是這種程度的事情。

跟我的錢包討論後，原本決定住進網咖，但是被店長很有禮貌地告知，高中生不能在店內過夜，我只能無力地離開。最後變成去瀧尾家打擾，由於瀧尾的伯母與我家設有熱線，使得這場「離家出走」根本有名無實。

總而言之。

我跟那間網咖的店長因此變得熟識。從那之後，每當我想轉換心情時，就會去那間網咖光顧。

隔了好幾個星期，當我再度走進店裡時，原本站在櫃檯盯著平板電腦的店長注意到我，並露出笑容。

「喲，小鳥遊同學，還真是好久不見啦。」

「不好意思，最近有點忙……」

「沒關係沒關係，比起整天在網咖消磨時間要健康多了。」

頂著閃耀光頭的店長，很乾脆地講出讓我無法回應的話語後，敲起旁邊的電腦鍵盤。

「你最中意的個人室還空著，要選那裡嗎？」

「好的，三小時的套餐……會員證在這邊。」

「好的好的，我知道。你已經是大學生了，隨時都可以來這裡過夜喔？」

「等我哪天真的有需要時，再麻煩你了。」

我對著邊將消費明細遞給我，還不忘向我推銷的店長苦笑了一下後，往我指定的個人室走去。

無論如何就是想一個人獨處。要是現在「見到」詩織小姐，我沒有自信還能夠保持平靜。

即使已經過了好幾天，與麗華學姊之間的對話依然在我的腦中迴盪。

——真的應該要讓幽靈成佛嗎？

我從來沒有思考過這件事情。不對，我應該有在社會科的課堂中聽過才對。只不過，那對過去的我來說是缺乏實際感的問題。

無論幽靈本身到底想不想成佛，過去的我覺得，對幽靈而言成佛是一種幸福，也認為他們應該要成佛。

在海邊遇見的男子也好。

在公園看見的女子也是。

我能夠看出這兩個人都打心底希望幽靈能成佛。而那同時也是憑我的眼睛所看不見的事情。

從幽靈「出現」算起過了二十幾年。在我們的雙親仍是小孩子時，幽靈並不存在。但是現在有幽靈在身邊卻成了理所當然。

人們在沒有幽靈的時代，究竟是思考著什麼樣的事物並生活在這個世界上的呢？當時的世界應該更加單純吧？還是說他們會為了我從來沒想過的問題煩惱呢？

正當我想著這些事情，伸手準備打開個人室的房門時，一名男子從隔壁房間走了出來。從他的手臂抱著數本漫畫的樣子來判斷，應該是準備要拿新的漫畫。我退開一步打算讓路給他，卻突然注意到對方的臉有些面熟。

有著纖細線條的中性容貌，深灰色的眼眸。

「櫻木先生？」

「咦？你是……」

看著忍不住喊出聲音的我，櫻木先生驚訝地挑起眉頭。

「好久不見了，小鳥遊同學。」

由於我只有看過穿著白袍的櫻木先生，看到他穿便服的模樣感覺相當新鮮。他的打扮雖是便服，但完全不馬虎，西裝褲配上淡藍色的襯衫，外面再搭配一件灰色背心。

「沒想到會在這種地方遇到你呢，真巧。」

「嗯，是啊……」

畢竟事發突然，我很猶豫該怎麼回答。

「那個……即使是大人也會在中午跑來網咖啊。」

雖然我做出相當糟糕的回應——

「正因為是大人才這麼做啊。」

櫻木先生用彷彿香菸煙霧般虛幻的語氣如此回答。然而那副模樣，卻與他手中繽紛的漫畫封面極度不搭。

「畢竟這實在不能算是會讓人欣然接受的興趣呢……你呢？」

「那個，我是來稍微放鬆一下……」

「這樣啊。」

那只是為了把話題接下去的發問。櫻木先生不大有興趣地聽完我的回答後，重新看著我的眼睛問道：

「詩織小姐過得還好吧？」

我正面承受櫻木先生的視線後，開始對於他足以看穿內心的眼神感到恐懼。說實話，我現在不想被人問到關於她的事情。

「是的，應該吧……」

大概是從我曖昧的回答中察覺到什麼吧，櫻木先生低沉地「嗯」了一聲後，用拇指朝位於後方，自己剛走出來的個人室指了指。

「……正好，我能跟你聊一下嗎？」

我有些猶豫。明明是為了獨自轉換心情才跑來網咖，卻因為遇上這個人一切都白費了。不知道櫻木先生到底是怎麼解釋我的猶豫，只見他接著又說：

「放心吧，我不是同性戀，只有普通的戀妹情結。」

他一臉認真地說著，並把手上那些應該是有戀妹情結的人會喜愛的漫畫展示給我看。我到底該對什麼，以及又該怎麼安心啊。

櫻木先生沒有等我回答，直接進入個人室，而我最後決定跟了上去。

櫻木先生的個人室是鋪了墊子的類型，雖然有些狹窄，仍足以讓兩個人坐進去。櫻木先生在疊在一旁的漫畫上拍了兩下。

「雖然很多人覺得漫畫是給小孩子看的東西，不過意外地有不少大人能從中學習到事情。」

「是喔……」

「好啦，這只是表面上的好聽說辭。因為邪惡的大人想稍微轉換心情一下——這應該算是不知道比較好的事情吧。」

看來這番話是在補充說明他剛才說的那句「正因為是大人才這麼做」。嘴上說「沒有辦法」，但這位先生其實相當興致勃勃吧。因為很多事情不太能隨意向他人訴說，所以他應該累積了不少壓力。我不清楚他為什麼覺得可以把這些事跟我說，或許他本來就是個有話直說的人也不一定。

接下來的好一段時間，櫻木先生都在對一旁的漫畫發表「這真的是名作」、「這個女主角的造型實在太優秀了」之類的言論，即使我的回答冷淡，他也完全不在乎，只是一本接著一本小聲地解說著。

那個表情像是拿到有趣的玩具、正在跟朋友炫耀的孩子般。然而在我眼中，比起覺得他那副模樣引人微笑，我比較在意的是這個人究竟想要做什麼。

難以理解的人物——這是我重新對櫻木先生抱持的感想。回想起來，他能如同使用魔法般讓幽靈成佛，也展露過專家的冷靜與見識，現在則是滿面笑容翻著漫畫。關於這個部分，或許正是表現出他在自稱「大人」時，語意上些許的不同之處。

大概是把全部的漫畫都介紹過一輪而感到心滿意足，櫻木先生的視線重新回到我身上。天真無邪的笑容消失，並且塗改成類似冷笑的表情。

「好了，差不多該進入主題了。」

不知為何，這讓我想起國中時期的老師談話時製造空檔的方法。我在那瞬間猶豫一下，但是那對彷彿能看穿一切的灰色眼眸，正直直看著我施予壓力，使我整個人動彈不得。

「我想你差不多該注意到了吧。」

「唔——！」

根本不需要我多說他到底指的是什麼吧。

——是否真的應該要讓幽靈成佛呢？

這是對我而言太過巨大的疑問。

再者，讓詩織小姐成佛表示她將從我身邊消失。關於這點，我不可能沒有注意到。在不知不覺間，那名雖然我看不見，卻理所當然待在我身邊的少女將會消失的狀況，變得比我想像中還要衝擊著我的內心。櫻木先生面對內心動搖的我，露出像是在說「所以我不是講過了嗎」的表情。

『無論事情怎麼發展，對你來說都會很痛苦吧。』——當時我沒有聽錯他所說出的這句話。

「對你們來說，讓她成佛是太過沉重的負擔。」

他的話語一瞬間打亂我的內心，也將我與朋友們至今為止的美好時光破壞殆盡。

「你已經盡力了吧？你真的做得很好了，看不見幽靈的你，不是已經為了幽靈的事讓你的心傷痕累累了嗎？」

那道無比低沉，卻又不會讓人感到不悅的神奇聲音。是道足以讓對方點頭，回答「是的」的魔性之聲。

「把事情交給大人處理吧。你們不用繼續煩惱下去了。」

但是我沒有對這段話回以肯定的答案。

我先深吸了一口氣。

「不。」

我不清楚這個答案正確與否，但是無論如何我都必須這樣回答。

「要由我們……由我來超渡她。」

我的回答讓櫻木先生露出似乎受了傷……卻又彷彿能打從心底接受的神祕表情。

「不知為何，我就是覺得你應該是這種類型的人。」

「咦……？」

沒有回答我的疑問，櫻木先生繼續說道：

「小鳥遊同學，你有想過詩織小姐究竟是為什麼如此想要成佛嗎？」

「那是因為……只要是幽靈都會……」

「不是所有的幽靈都想成佛喔。真要說起來，所謂的『遺憾』正是他們對這個世界有所留戀，所以不少幽靈不願意放棄這種暫時的復活。」

的確，我看到詩織小姐詢問幽靈少年──拓哉小弟弟──有什麼遺憾時，也抱持著「應該不是每個幽靈都想要成佛」的疑問。

「總之，比起不想要成佛的類型，這種的對我而言比較輕鬆。」

櫻木先生如此自嘲後就站起身來。

「不好意思占用你的時間。」

櫻木先生重新抱起漫畫，準備走出個人室。當他將插在西裝褲口袋的手抽出來時，一張紙片跟著飄落到地上。

「啊……」

撿起那張紙條的我，與轉過頭來的櫻木先生視線交會。

「這個掉到地上了。」

「……那對我來說已經沒有用處了，能請你幫我丟掉嗎？」

停頓一拍後，櫻木先生如此說道。在我開口回答前，已經看不到他的背影了。

短暫地陷入茫然的我，在注意到自己待在別人的個人房後，連忙跑回自己的房間。

回過神時，我依然緊抓著那張撿起來的紙條。

之所以沒有立刻丟棄那張紙條，反而打開來確認內容，可能是因為我心中有著某種預感。

「咦？」

我不禁發出了沒針對任何人的疑問句。

那是羅列了地名和圖示的簡易地圖。另外有個地點被圈了起來，從那裡拉出的一條線旁，用往右上飄的字跡寫著「佐佐木詩織宅邸」。

那是詩織小姐的本名，以及她家人居住的家。

我立刻就理解了這點。

＊＊＊

在得到地址後過了幾天，我把詩織小姐交給月見里同學負責，自己前往她的老家。我不清楚到底有沒有幽靈。「詩織小姐」什麼的，有可能是大家為了捉弄我所創造出來的幻想。雖然我內心的某處仍留有這種冷淡的想法，卻怎麼樣也無法不行動。

由於今天是平日，下午的電車有很多空位。我漠然地看著對面窗外流逝的景色。

在不熟悉的車站下車，走在不熟悉的街道上。目送不知道要去哪裡的巴士離去，我依照櫻木先生遺落的地圖前進。剛結束的梅雨，彷彿宣告自己尚未遠離般溼潤著空氣，如同吸附在我身上的不安感。

午後的住宅區。我按照地圖所示，在與偶爾擦身而過的路人們打招呼的同時，觀察著每棟房子門牌。其中我也有遇到相當親切的人，一聽到我要找朋友的家後，很熱心地一同幫忙尋找。至於我跟詩織小姐到底算不算朋友，其實我沒什麼自信。在我面露曖昧笑容道謝的同時，腦內也開始模擬起自己與不久後就能見面的佐佐木一家人的對話。

「你們府上去世的大小姐似乎很中意我，目前正住在我家喲。」

「雖然我看不見，但是根據朋友們的說法，她很有精神。」

——該怎麼說呢，我想笑卻笑不出來呢。

我一直沒有注意到，或著該說假裝沒有注意到的事情，如今找上了我。瀧尾沒有幫忙翻譯的時候，詩織小姐臉上究竟是什麼樣的表情呢？大家吃飯的時候，她又是用什麼樣的心情在眺望那副景象呢？仔細想想，我對她根本是一無所知。

而想要為了她做些什麼的想法，說實話對我來說根本是難以處理的事情。交給瀧尾，或是月見里同學處理——肯定是更加賢明的選擇。

等我總算找到目標的門牌時，我已經走了將近一個小時了。

「佐佐木」——跟我或月見里相比，這是一點都不稀奇的普通姓氏。然而，這間房子就是給我「這裡是詩織小姐的家」的感覺。以脫俗的白色為基調的三層樓獨棟建築。停在車位上的是很有名的進口車，由星星與圓形桂冠組成的標誌就裝在車頭上。

我重新提振精神，接著下定決心，將眼鏡收進口袋當中。不做多餘的說明，應該更能讓對方感到安心吧。做好所有的準備後，我按下對講機。

『您好，請問是哪位？』

前來應對的是語氣平靜的女性聲音。應該是她的母親吧。

「那、那個……」

我深吸了一口氣。

「這裡是佐佐木詩織小姐的家吧？」

沉默。留下驚訝的吸氣聲後，寂靜短暫地支配了現場。

可能是我突然講出了什麼令對方不悅的事情吧，正當我認真地檢討起是否要從這裡逃走時——

『能請您稍等一下嗎？我這就過去幫您開門。』

那道聲音中，帶有硬是讓自己冷靜下來的感覺。終於，從出入口附近傳來人的氣息。喀啦一聲打開門鎖並從屋裡走出來的，是位看上去有些憔悴的女性。長及肩膀的黑髮毫無光澤，高聳的鼻梁呈現完美對稱的美麗容貌也缺乏朝氣。

總覺得很適合用「非現實的美麗」來形容。

「請進。」

這位彷彿隨時都會消失的女性，露出似乎因為太久沒有使用變得頗為僵硬的微笑，邀我進入屋內。

走過玄關後沒多久抵達的客廳，豪華到光靠家具都足以買下我家了。對方幫我準備的拖鞋踩起來軟綿綿的，像是走在雲端上般讓我冷靜不下來。坐起來柔軟到能把腰埋進去的皮革沙發，感覺比我家那組用光了父親的獎金才得以購入的沙發，要貴上數倍。面前的玻璃桌應該是進口貨，木製的邊框有雕刻裝飾，給人一種穩重中帶著高雅的富麗感。彷彿誤闖電影布景中的錯置感令我坐立難安，我連忙將背脊挺直。

「那孩子……過得還好吧？」

「是、是的……」

「呵呵，問一個已經去世的孩子過得如何有點奇怪呢。」

看到這位母親邊說邊露出令人心痛的微笑，我的嘴巴像是忘了日語該怎麼說。那美麗的微笑足以透露，她原有的性格是多麼開朗與活潑——但同時也帶有無法隱藏的寂寞與心結。

我放到背後的右手，緊緊握住口袋中的白框眼鏡。

繪有薔薇圖樣的茶杯，注入了應該是用高級茶葉沖泡、香氣四溢的紅茶。我戰戰兢兢地接過茶杯，如寶石般透明的褐色水面所湧起的香氣令我深吸一口氣。只沾了一口，典雅的味道立刻在口中擴散開來。

「這茶合您的胃口嗎？」

「啊、是的……那個，可以不用對我說敬語，我不習慣被長輩這樣對待。」

「是嗎?那麼……」

她先思考了一下，接著「啪」地一聲用拳頭敲了手掌。這種帶著稚氣的行為，跟我從瀧尾及月見里同學那邊聽到的她一樣。

「我可以叫你昴嗎?」

我點頭答應。雖然被親戚之外的成熟女性這樣叫有些不習慣，但被她這麼稱呼讓我有種溫暖的感覺。

「那麼，你是詩織的朋友沒錯吧?」

我順著她母親的提問，回答詩織小姐的近況。不知為何我覺得隱瞞「失憶」會比較好，所以告訴她母親：「詩織小姐似乎是在找東西，卻不清楚自己要找什麼。」

這種說法其實也很怪，但是詩織小姐的母親卻對我的說法照單全收，只是苦笑了一下說道：

「那孩子從以前就是這樣，一旦決定要做什麼就會不顧一切往前衝……」

「嗯，的確是這樣……啊，對不起。」

「沒關係，畢竟是事實。」

她母親在苦笑的同時，也瞇起眼睛彷彿在回想過去的事情。那微微放鬆下來的表情，看起來似乎有些高興。這是被大家所遺忘的「緬懷故人」的習慣，以前的人們應該都會露出跟我眼前這位女性相同的表情吧。隨時隨地能見到已經過世的死者——或許是一件很棒的事情，但也有可能是用「忘卻某種重要的事物」這個條件交換而來的。

我會這樣思考，或許是身為靈感異常者的利己主義吧。

「那孩子真的是從以前就很頑固……她應該沒有給你添麻煩吧？」

「不，這當然是……」

雖然我實在沒辦法斬釘截鐵地說「沒有」。

「那孩子的事情就麻煩你了。」

面對這麼說著低下頭的女性，我感受到一股不協調感。我思考著究竟是什麼事，立刻找到答案。

「那個……」

「什麼事？」

她疑惑地歪著頭。

「妳難道，不會想跟她見面嗎？」

詩織小姐的母親先是因為我的話一度驚訝地睜大了眼睛——接著露出慈祥又泫然欲泣的微笑。

「……沒關係，只要知道那孩子過得很好就夠了。」

遺照裡的她，跟我所聽到瀧尾與月見里同學口中描述的「她」，有著一模一樣的容貌以及表情。

＊＊＊

我抱著「被拒絕也無妨」的想法詢問是否能讓我上香，詩織小姐的母親立刻點頭答應。

在這個時代，像這樣在家中設置佛壇並擺上遺照的家庭非常少見。畢竟若死者成為幽靈，大多會待在親人身邊；若真的成佛，也代表不再需要為他們祈求死後的安寧了——簡單來說，這差不多就是社會現況。

我也不知道自己為什麼會這樣想，但是我總覺得詩織小姐的老家並非這種家庭。我無法判斷這究竟是正確的做法，或著該說是種時代錯誤。

她引導我前往的佛壇上，擺著一名少女露出微笑的照片。

這應該就是佐佐木詩織還很有精神地「活著」時的模樣吧，她的表情給人一種天真無邪的感覺。只拍到肩膀部分的服裝應該是某間國中的制服。詢問瀧尾的話應該能得到答案，然而我沒有這方面的知識。

大約長及肩膀的黑色頭髮，襯托著白皙透明的肌膚；彷彿嵌入櫻花花瓣般透著淡淡粉色的臉頰，以及奪目的豔麗唇色，卻背叛了如同單色調的黑白色彩。她高聳的鼻梁肯定是遺傳自那位正在一旁看著我的她母親吧。洋娃娃般水靈靈的雙眼，閃爍著光芒望向我這邊。至於浮現在她嘴邊的微笑，與其說是「端莊」，不如說能感覺到一股直率的優雅以及爽朗感。

（真的是「很像」她呢。）

我在心中對著這麼想著的自己苦笑。竟然說「很像」呢，我明明沒有實際見過她。這是我第一次「看見」她的瞬間。至今為止對我而言都只是模糊概念的「佐佐木詩織」，在這個瞬間初次化為確切的存在。

同時，我也再度認知到她已經是我無法用手碰觸的存在。

我究竟該如何形容出現在我內心的這股感情呢？

要說是「悲傷」，又有些不同；要說是「悔恨」，又不夠精準。我們的內心隨時都在轉動著，並非能單純用喜怒哀樂四個方向表現。

但是這些情緒全都包括在內。

啊，我在不知不覺中，喜歡上她了。

事到如今，我才終於得到這個結論。

「謝謝妳。」

我才剛道完謝，詩織小姐的母親就向我深深地低下頭：

「我才應該要向你道謝呢。就麻煩你繼續照顧那孩子了。」

「……好的。」

我在面對櫻木先生時，無法直率回答的兩個字，卻可以簡單地對詩織小姐的母親說了出口。

可能正因為如此吧，等回神時我已經提出問題了。

「那個……詩織小姐是個怎麼樣的孩子呢？」

「這個嘛……」

聽見我的問題後，詩織小姐的母親用她纖細到有些病態的手指抵住尖銳的下巴，輕輕歪著頭。

「詩織從小身體就不好，所以常常跟學校請假。我以前是鋼琴老師，所以也教過那孩子彈鋼琴。但是她的體力不足，沒辦法持續學下去……」

緬懷過去、悼念死者的光芒。這是已經很久不曾看過的景象。

「等她升上國中後，幾乎沒辦法上學。我以前教過的學生跟她變成朋友，常常會去探望她，所以她看起來不算太寂寞……但是，應該還是覺得很痛苦吧。」

——畢竟，那孩子現在變成幽靈了，對吧？

沒錯，幾乎就在她說出這句話的同一瞬間，玄關的電鈴響了起來。

「不好意思。」

詩織小姐的母親在說出這句話後，往走廊走出去。

目送她背影離去的我，在不會太失禮的情況下環視整個客廳，最後將目光停在架子上的一張照片。

那是詩織小姐生前拍的照片。

臉上堆滿了比遺照更爽朗的笑容，但看起來有些憔悴，恐怕因為拍這張照片的時期是在身體狀況惡化之後吧。

另外在詩織小姐的身邊，站著一位有黑色及腰長髮的同齡少女。

（……咦？）

不知為何，這張照片給我一種不協調的感覺。

真要說起來，光是「有照片」本身就很稀奇了。在這個時代，雖說不至於到完全不拍攝全家福，但幾乎不會像這樣將照片擺設出來。說不定，這個家也有喜歡照片的人。

但是讓我有不協調感的，並非「有照片」這件事情，而是這張照片所拍攝的內容有某些讓我很在意的地方。

在我找出答案前，走廊那邊先傳來兩個人往這裡接近的腳步聲。

「老公，你今天這麼早就回來啦。」

「嗯。因為身體不太舒服，把餐會取消了。」

這樣的對話從走廊傳來。那道低沉的男性聲音，應該是詩織小姐的父親吧。從聲音中能感受到他嚴格的個性，以及難以形容的疲憊感，而且那個狀態應該已經持續好一段時間了。

這也沒有辦法，詩織小姐不過去世半年不到，而且她從那之後就不曾靠近過這個家。

（她到底在做什麼啊？）

這是該跑來糾纏我的時候嗎？妳明明就還有更多應該要去做的事情吧——這股焦慮感開始逐漸累積。

——在妳歡笑、流淚，盡情享受死後生活的同時，也有像這樣受到傷害的人們啊。

對失去記憶的她而言，可能根本沒有能夠去做的事情。我明明知道這點，卻還是忍不住去想這些事。

大概是注意到客廳的燈光吧，從走廊傳來的拖鞋聲停了下來。

「咦？有客人嗎？」

感覺那位男性邊說邊往客廳內窺探。

「是、是的。正好有認識的朋友過來。」

我還來不及咀嚼這句話當中的不自然感，男性就繼續說道：

「是哪位啊，我也稍微打個招呼吧。」

門扉靜靜地被打開，一名四十歲左右的男性出現。

他深邃的五官讓人聯想到聰明的官僚；他方正臉龐上的皺紋，則是在宣告他經歷過多少人生的戰役，並與合身的西裝一同為他醞釀了嚴格的氣氛，讓我下意識地挺直背脊。詩織小姐的母親則是在他的背後「啊」了一聲，並且露出困擾的表情。

在佛壇前面的我立刻起身向他低頭致意：

「你好，初次見面，我是小鳥遊昴。」

「喔喔，真有禮貌。我是佐佐木。像你這樣的年輕人來我們家有什麼事嗎？」

「是的，其實詩織小姐目前正在我家……」

在那一瞬間，現場氣氛直達冰點。

「那孩子已經死了，不要侮辱死者！」

那是冰冷到彷彿讓人撞進冰塊中的聲音。過於憤怒變得面無表情的他，斬釘截鐵地否定了我的話。

「咦、啊、那個……」

「請你立刻離開。」

他就這樣踏著粗暴的腳步離去，我則站看著那道背影，說不出話來。

「對不起，我應該要先告訴你才對。」

隔了一段時間後，詩織小姐的母親才語帶歉意地開口：

「我老公是個跟不上時代的人。他知道有幽靈存在，也知道大家能夠看見幽靈，但他就是不願意承認。」

「靈魂落差……」

我低聲說完，就看到她母親像是對什麼死心了般點點頭。

任何人都可以看見幽靈，但不等於每個人都願意看見。為了要看見幽靈，必需要經過幾個簡單的步驟。在一九九七年當時發現的就只是那些步驟。

那些即使我嘗試再多次，也不願意為我展現任何奇蹟的步驟。是做法有錯嗎？該不會是故意失敗吧？只是因為一點個人的差異才失敗的吧？我一次又一次地重複著那些愚蠢行為。即使被雙親、被老師施加了放棄、憤怒以及各種負面的感情，我最後依然無法抵達那個地方。

然而，人類同時擁有從一開始就拒絕進行這些步驟的選項。

從她眼神中所散發的哀傷，讓我察覺眼前這位女性也一樣拒絕看見幽靈。她順從自己丈夫的意志，拒絕進行為了看見幽靈所需的簡單步驟。

在我視線的角落，能看見剛剛那張兩名少女展露著笑容的照片。

原來如此——他們就某種意義上來說跟我一樣。雖說「看不見幽靈」跟「不想看見幽靈」不相同，但是詩織小姐的父親說不定也是從照片得到救贖的人。

「對不起。」

詩織小姐的母親又重複了一次這句話。我不知究竟該怎麼回答她，只能呆站在那裡。

我感覺到當時在腦中浮現的想法，強烈地動搖了我。

『假設，這只是假設喔？會不會詩織的記憶其實讓她非常痛苦，不要回想起來反而比較幸福呢？』

以前月見里同學透過電話所說的這段話。

詩織小姐之所以會失憶，難道是因為她「想要失去記憶」嗎？

幽靈的存在大大受到生前精神狀態的影響。如果詩織小姐的願望是「想要失去記憶」，最後的結果自然就是「失憶」。

如果她是在記得雙親的情況下變成幽靈……成為一個記得自己的雙親都否定其存在的幽靈，應該是難以形容的苦行吧。

這麼一來——我們所做的事情，只會讓詩織小姐感到痛苦吧？

我究竟該怎麼辦才好呢？

＊＊＊

由於跟前一堂課的教室離得很遠，平時我總是在快打鐘時才踏入這堂課的教室。但是我今天有事想找瀧尾商量。放學後應該能跟他在社辦碰面，可是我不想讓其他社員聽到我們的談話。

為了確保有足夠的時間，我飛奔至教室，正當我準備拉開教室拉門時，從裡面傳出來的聲音讓我停下了動作。

「好啦～～阿瀧也一起加入嘛～～」

那種咬字不太清楚的講話方式，總覺得有些幼稚的聲音，應該是出自跟瀧尾同班的女孩子。

「雖然我有興趣，但是最近真的很忙，對不起。」

接著回應的是瀧尾。原來如此，因為是「瀧尾」才被叫「阿瀧」啊。不是太特別的稱呼，很容易理解。瀧尾原本就是個帥哥，性格上又很會照顧人，所以他總是與社團以及委員會的勸誘剪不斷、理還亂。

從氣氛來看，應該是來自網球社或其他社團的勸誘吧。

「不要總是在照顧小鳥遊同學啦！」

「是啊～～」

——我旁觀的心情瞬間消失。

「話說，阿瀧實在太可憐了！總是得跟在小鳥遊同學身邊。」

「真要說起來，那個攝影社未免對阿瀧太頤指氣使了！」

從只打開一些些的門縫傳出來的聲音讓我整個人僵住。她們肯定是正確的，有錯的是對瀧尾的溫柔產生依賴的我。

「好啦，關於這點我不否定。畢竟他們真的會突然找我做些荒唐的事情，社員也盡是些怪人。」

「既然這樣……」

「但是那裡待起來感覺很棒喔。」

瀧尾說出的話讓周圍的女孩子們發出不滿的聲音。

「我們的社團絕對比較好啦，還會教你一些考試方面的訣竅喔。」

「阿瀧，這邊絕對比較快樂啦。」

我的朋友笑著敷衍過去——但是他的內心究竟是怎麼想的呢？本來瀧尾應該能度過更加充實的大學生活才對，沒有我在的話。

「雖然小鳥遊同學的確過得很辛苦，但是阿瀧也不需要一直跟在他身邊吧。」

「真希望他能夠自重一點。」

瀧尾沒有特別反駁。而得理不饒人的少女們，甚至開始將矛頭指向詩織小姐。

「詩織也真是死心眼，竟然為了那種人……」

「好啦，小鳥遊同學也不是故意要這麼做的。詳情我是不太清楚啦，但他看不見幽靈，對吧？」

「就算是那樣……」

——就算是那樣？她們究竟想說什麼？

「所以啊，我不是對她說過：『肯定會有更好的邂逅喔。』她卻突然生氣回說：『昴同學明明就很棒啊！因為——』」

最重要的部分被尖叫聲蓋過所以聽不見。

「嗚哇，深深為他著迷呢。」「光用聽的都覺得害羞……」

「……妳們幾個，可以節制一點嗎？」

瀧尾的話語中帶著強烈的低氣壓，女孩子們似乎因此被嚇到，瞬間都僵住了。

「小鳥遊是我重要的朋友，詩織小姐則是真心喜歡他的女孩子。我無法忍受妳們像這樣嘲笑他們兩個人。」

「……等等，不用這麼認真吧。」「對、對不起啦。」

大概是被瀧尾的怒氣嚇到吧，幾道畏縮的聲音重疊在一起。

不知道該怎麼辦而佇在原地的我，肩膀突然被人從後面拍了一下。

「小鳥遊同學，怎麼了嗎？」

是月見里同學。她仰望著露出茫然表情轉過頭去的我。

「啊……」

「休息時間快結束了喔？得快點進去找位子……」

我還來不及阻止從身旁走過並握住門把的月見里同學，她就在我面前乾脆地打開拉門——

「喔喔，小鳥遊。月見里同學妳也來啦。」

站在那裡的是因為看到我而臉上浮現歉意的女孩子們，以及被她們包圍的瀧尾。大概是看到我的表情後，察覺我有聽到他們的對話，浮現在瀧尾端正臉龐上的輕鬆笑容立刻出現陰影。

「啊……你聽到啦？小鳥遊。」

「……喔，瀧尾。」

我們互相叫了對方的名字後，好一段時間什麼話都沒說。我也知道因為我們的這副模樣，讓月見里同學彷彿陷入混亂般交互看著我們。

最後是瀧尾抓著臉頰，難以啟齒地先開口：

「小鳥遊，我們出去一下。」

「……嗯嗯。」

「咦？等等，你們兩個！馬上要上課了耶？」

無論如何，應該都沒辦法專心上課了。我從後面追上小跑步離開教室的瀧尾，月見里同學則是用慌張的語氣對著我們大喊。雖然被月見里同學的那道聲音掩蓋過去，但我總覺得先前包圍瀧尾的那群女孩子們，正用懷著恨意的視線看著我。

我們大約走了五分鐘。校園內的噴水池今天依然描繪出強勁的透明曲線。我們一同坐在噴水池旁，只是眺望著那個畫面好一段時間。

「……讓你看到奇怪的東西了。」

「事到如今別講這種話了。」

瀧尾被女孩子倒追不是一天兩天的事情了。在那個情況下提到我的名字，也不是今天才發生。話雖如此，親耳聽見那些話，精神上還是很難過。

「拒絕她們真的沒關係嗎？那樣能增加跟女孩子相遇的機會吧？」

「這才真的是『事到如今別提了』。」

瀧尾露出帶著自嘲的笑容。

如果沒有我在，瀧尾肯定能找到更適合他的位置，更能夠享受大學生活才對。他的條件原本就很好，也有很多人倒追，無論去哪裡肯定都能有很棒的表現——那些女孩子講的沒有錯。

我對瀧尾而言只是個枷鎖。

「我說啊，如果沒有我在，你應該能有更好的……」

「小鳥遊。」

被強烈的語氣打斷後，我驚訝地轉過頭去，看到好友一臉嚴肅地看著我。

「你下次再說這種話看看，我絕對把你揍到無法再說這種話。」

「但是根本沒有理由啊，你沒有一定要待在我身邊的理由。」

聽到這段就連我自己也覺得很卑鄙的話，瀧尾露出自嘲的笑容壓低聲音接著說：

「理由嗎……」

接著瀧尾隔了一段空檔，才直視我並開口：

「……你還記得國中一年級時的事情嗎？」

「怎麼可能那麼簡單就忘記啊。」

我跟眼前的帥哥初次相遇，並不是什麼太特別的情況。只是正好在國中一年級時分到同班，而「小鳥遊」跟「瀧尾」(註11)的座號連在一起而已。

「那個時候啊，你受到很多人的仰慕喔。」

「……咦？」

「其他人整天只想著要跟女孩子聊天，你卻總是獨自一人翻著文庫本或是玩手機，對吧。還知道一些很困難的用詞，似乎也受到各科老師的特別關愛呢。」

這個……好像是這樣吧。我們的國中沒有幽靈學生，老師們也不想引發多餘的風波，所以努力隱瞞我的狀況。每當老師們點名，將目光移到我身上時——在他們看到我戴的白框眼鏡的那瞬間，眼裡盡是緊張與憐憫。其實應該也有其他學生注意到，但是對他們而言那只是缺乏實感的知識。

「除了我之外，也有不少人很崇拜你呢。所以……」

瀧尾停下來，窺探著我的反應。看著難以啟齒的瀧尾，我主動開口：

「所以那群人就把我的眼鏡藏起來了？」

其實鏡片沒有度數，也不是太貴的東西。只是考慮到可能會有危險，我在體育課時把眼鏡拿下來。我回到教室時，眼鏡不知去向。回家路上因為跟幽靈「重疊」，使得我被痛罵了一頓。

「老師在班會上宣布時，我才第一次知道原來那副眼鏡有著這樣的含意。」

那是為了讓他人知道自己是看不見幽靈的人所配戴的眼鏡。只要戴著那副眼鏡，周圍的人就知道我是靈感異常者，並以此為前提來應對——至少事情會是如此。沒有戴著眼鏡是我的失誤，而在那種狀況下直接讓我回家則是學校的失誤。

關於幽靈的權利目前其實還在議論當中，但是死者的遺族、朋友在感情上已經等不下去了。某種程度上來說，他們對於傷害幽靈的事情比對傷害活人還敏感。

「貴校的學生跟幽靈重疊，沒有道歉就直接離開。」

註11：日本的學校大多是照姓氏平假名順序排座號。小鳥遊的日文是TAKANASHI，瀧尾則是TAKIO，都是TA開頭，而且KA跟KI兩個平假名順序相連，所以兩人的座號會連在一起。

我會被責罵也是可想而知的。對於被生前常識束縛的幽靈而言，跟他人「身體重疊」一事在精神上似乎伴隨著難以想像的痛苦。這對於留有人類外形的他們來說，可能會動搖自我認同。

靈感異常者在沒有幽靈的地方就是個「普通的人」，不僅很難發現，除了本人之外也無法證明。正因為處於這種奇妙的狀況，對於靈感異常的理解才遲遲無法推展。連眼鏡的事情，也僅只於「啊，這麼說來有這種事」的程度。對旁觀者而言，就算聽到也不會有實感——等真的了解時，就會覺得很噁心。連那位月見里同學，在發現我是靈感異常者時，雖然沒有表現出覺得噁心的態度，仍然受到衝擊。

班會結束後，我的眼鏡立刻就回到我身邊了。此外還伴隨著眾人彷彿看到怪物般的眼神。

「把你的眼鏡藏起來的人，肯定很在意你的事情。對方是為了要跟你變成朋友，才想要稍微捉弄一下你。」

「……拜託饒了我吧。」

以理論來說我不是不能理解，但這樣做未免太超過了，這種事情對喜歡的女孩子做啦。我曾經以為是他們知道我是靈感異常者，才這樣惡意對待我。在這點上，是瀧尾幫助我走出來。他告訴我這件事，說穿了根本沒什麼，只是小孩子之間的認知有分歧，不過是個微不足道的惡作劇。話雖如此，當時的我不可能因為這樣就得救。

結果，我失去了大量有可能與我成為朋友的人，除了眼前的帥哥之外。

「所以，你覺得我很可憐才陪在我身邊？」

瀧尾露出深深受到傷害的表情。失望、憤怒——以及被說中造成的不安？那個表情反倒讓我也不安了起來。

「……我不否定，畢竟我也是人，的確是有包含那樣的心情。我就實話實說吧，保護一直崇拜著的人，的確有種強烈的快感。但是——」

瀧尾斟酌著用詞。接下來我所聽到的，是我說不出口的強烈話語。

「理由根本怎樣都無所謂吧？我覺得跟你在一起很快樂，我想待在你身邊。這股心情如今確實地——」

他用握成拳頭的右手輕輕敲了敲左胸口。

「存在於這裡。」

「瀧尾……」

「不要讓我對男人說出這種噁心的台詞啦，笨蛋！」

瀧尾說完後就露出不懷好意的笑容，從長椅上起身、伸了個懶腰。

「詩織肯定也是這樣想吧，她崇拜著你的某個地方，進而喜歡上你，所以想一直跟你在一起。」

能讓某人如此想著自己，肯定是件很美好的事情。

「……但是，我看不見啊。」

「即使如此，事實也不會改變。」

我還是無法完全理解。對她的情感確實存在於我的內心當中。然而，到最後這對雙方而言是否只是一場不幸呢？

「好了，現在去上課也沒什麼意義了。來找個地方消磨時間吧，小鳥遊。」

「還有一個小時的課可以上喔？」

「別開玩笑了。」

我們對望著笑了出來。此時，我想起原本打算在這節課的休息時間與瀧尾討論的事情。

不，用不著跟他討論。我心中已經有了結論。

雖然不小心繞遠路，為了成為配得上這傢伙友情的人，我也必須要往前邁進。

——就算這麼做會傷害到我親近的人。

＊　＊　＊

彷彿要燃燒起來的紅色天空，深藍色的夜晚正慢慢地混入逐漸西沉的夕陽所放出的光芒中。舒服的風吹過公園，搖曳著帶著鐵鏽的鞦韆，它嘰嘰發出抗議的聲響。坐在隔壁鞦韆上的女孩子，小小的拳頭緊握著放在從寬鬆連身裙露出來的膝蓋上，直視著我開口說：

「小鳥遊同學，怎麼了嗎？為什麼突然找我出來？」

那種彷彿開玩笑的語氣，讓我強烈地相信自己的預感是正確的。

這裡是離大學有一段路程的公園，我曾經來園區內的圖書館念書大約兩、三次。只要不是假日，學校的圖書館就綽綽有餘了。這座符合綠色都市之名的寬廣公園，到了這個時間幾乎看不到人影。

「嗯，有點事情。」

我曖昧的回應，讓她微微側著頭。

「想說你搞不好是要跟我告白，讓我有些緊張呢。雖然對詩織不好意思就是了。」

她呵呵笑著的嘴角，透露出些許的緊張感。要說我很討厭連這種些微的變化都不放過，或者該說不肯放過的自己，肯定是種偽善吧。

「對不起，並不是這樣。」

一陣強風吹過，讓我剛說完的話和她柔順的頭髮飄動起來。但是話語中不安的氣氛沒有跟著飛走，我可以看出她的眼神中開始混入膽怯的神色。

舞台已經準備好，手上的牌也有了。雖然不是很想這樣追著她打，但那只是我單純的感傷罷了。

就這樣，我將這句話說出口：

「是妳帶詩織小姐過來的，對吧？月見里同學。」

「——唔！」

即使她想反駁也沒有用。那個僵硬的表情就是最有力的證據，說明這件事的確是她做的。

微風吹過，白雲流動，夜晚逐漸浸透天空。某處還傳來了鳥叫聲。

撞上她膝窩的鞦韆震動著。

她依然坐在鞦韆上仰望著我，表情中混著驚訝與恐懼。略為飽滿的嘴唇顫抖著，用直接表現出感情的字句說出她心中所想的事：

「你、你在說……」

「對不起，我注意到了。」

我的直覺與他人相比稍微敏銳一些。只是這樣而已。

「月見里同學，告訴我真相吧。」

我的話讓月見里同學低下頭，陷入沉默。雖然她脆弱的模樣讓我更加猶豫，但是我還是開始解起謎題。

我有自覺，這是我用來抵住她喉嚨的刀刃。

「真要說起來，詩織小姐究竟怎麼走進那間教室的？打從這點開始就很奇怪了。」

幽靈無法對物體做物理上的干涉。要讓身為幽靈的詩織小姐走進大學校區內的其中一間教室，必須排除途中所有的物理障礙。為了招攬客人，教室的門是敞開的，但是建築物本身的出入口又如何呢？如果沒有人幫忙打開，詩織小姐絕對無法走進來。

「月見里同學進來的時間點，跟詩織小姐最為接近。」

當時的順序是瀧尾第一個走進教室，接著是麗華學姊，然後是月見里同學妳，沒多久後輪到詩織小姐。雖然社長也有過來，但是他跟詩織小姐的事情幾乎沒有扯上關係，所以不需要考慮他，畢竟有個毫無關連第三者的可能性也很低。

「如果是瀧尾或麗華學姊帶進來的，以詩織小姐進來的時機來看有些奇怪……但也不是完全沒這個可能性。」

「那為什麼……」

「因為有一件事讓我覺得很不可思議。瀧尾跟我都想辦法讓詩織小姐『恢復記憶』，只有妳不是這麼想的。」

我有種自己的話語讓月見里同學的表情出現裂痕的錯覺。

「怎、怎麼會……不要講這種話，我也希望詩織能成佛啊……！」

「請不要誤會，我知道妳也希望能讓詩織小姐成佛，但是跟我們所想的不同。瀧尾跟我相信『記憶的恢復跟她是否能成佛有關』，然而月見里同學卻認為『希望能在不恢復記憶的情況下消除她遺憾，好讓她能夠成佛』，我說的沒錯吧？」

瀧尾跟我都毫無疑問地認為想要找出她的「遺憾」，就必須讓她「恢復記憶」。而月見里同學又是怎麼想的呢？

『那個，小鳥遊同學，果然不找回記憶，就沒辦法讓詩織成佛，對吧？』

『假設，這只是假設喔？會不會詩織的記憶其實讓她非常痛苦，不要回想起來反而比較幸福呢？』

單從字面上來解讀，這兩段話都能想成只是她過度擔心。可是，如果月見里同學知道詩織小姐的「記憶」，知道詩織小姐有不認同幽靈存在的雙親的話……

要是她「知道」詩織小姐一旦恢復記憶只會感到痛苦……

「我說的這些根本都是三流的解謎法……不過我還有一個決定性的證據。我去過詩織小姐的家了。」

聽到我的話，月見里同學倒吸一口氣。她的態度已經將所有的真相都說出來了。

「我在詩織小姐的家裡，看到一張詩織小姐與年紀相仿女孩子合照的相片……那個女孩子就是妳吧？」

本日最後的紅色陽光照耀著她的側臉。

雖然髮型不同，服裝也完全不一樣，臉上化了淡淡的妝，但是我眼前的這名少女，確實是那張相片裡的少女長大後的模樣。

「……小鳥遊同學好厲害，我還以為不會被發現呢。」

這麼說著的月見里同學瞇起了她的大眼睛，臉上浮現出幾乎要壞掉的脆弱微笑。

「月見里同學……」

以這個季節來說算寒冷的風，吹過我們兩人之間。

「關於詩織的事情，我覺得如果是小鳥遊同學，應該能為她做些什麼。」

一陣短暫的沉默後，下定決心的月見里同學開口：

「我因為曾經在詩織的母親那邊學鋼琴，跟她是從小就認識的朋友。她身體不好，經常跟學校請假，所以除了我之外大概沒有別的朋友吧……」

她不是誇耀，而是用略為寂寞的口吻說著。聽到這段話，讓我覺得她們可能跟我與瀧尾的關係很類似。

「她啊，因為生病而長期住院，還被說可能活不久了。雖然她幾乎不曾說出口，在我的面前也總是假裝很有精神……但是她一直很害怕，要是自己變成幽靈該怎麼辦。」

「因為她的雙親有『靈魂落差』？」

我的話讓月見里同學露出「你連這個都知道啦」的苦笑。

「那孩子的父親啊，其實不是討厭幽靈。他會對高喊著『幽靈的人權』的人感到憤怒，是因為他覺得這是對死者的侮辱。畢竟他一直批評能看見幽靈這件事，所以詩織打從心底相信：『幽靈光是存在，就會傷害周圍的人。』我很清楚，雖然詩織不曾說出口，但她真的很害怕自己變成幽靈，所以……」

月見里同學接著說下去：

「在得知那孩子變成幽靈時，我一直想究竟該怎麼辦才好。在我聽見她失去記憶時，真的稍微鬆了口氣。」

「……」

「那孩子沒有自己活著時的記憶，也忘記自己害怕要是變成幽靈可能會傷害到別人的事。我覺得對她而言，這肯定是一種幸福……可是，也不能讓她一直這樣下去，對吧？」

——如果是小鳥遊同學的話，會怎麼做呢？

沒錯，月見里同學是問我這個問題。

「所以……妳希望在詩織小姐恢復記憶前超渡她嗎？」

「其實，我比你講得還要更過分喔。我害怕自己親手超渡那孩子，才想拜託小鳥遊同學超渡她。」

抱著膝蓋坐在鞦韆上的她，還是一副脆弱到隨時都會壞掉的樣子。

「為什麼是我？」

這是我直到最後依然無法解開的謎題。為什麼找上我？

甚至不惜刻意把詩織小姐帶來攝影展，表示從一開始她的目標就是我。那個因為靈感異常而對幽靈一無所知的我。

「小鳥遊同學，你希望詩織成佛嗎？」

月見里同學沒有回答我，而是說出了這個問題：

「咦……」

將自己的身體縮得更圓後，月見里同學沒有等我回答就接著說：

「一開始，我覺得如果是小鳥遊同學你，一定能讓那孩子成佛。因為她的『遺憾』就是小鳥遊同學。」

「喂，這到底是……」

幽靈的「遺憾」在他們成為幽靈的瞬間就決定了，不會再改變。也就是說，那肯定跟生前的某些事物有所關連。

詩織小姐在生前就知道我的事情了？

「我啊，希望那孩子能幸福地成佛。所以才隱瞞詩織是我朋友的事情，帶她去小鳥遊同學那裡。」

——真要說起來，那孩子也已經忘記我的事情了。

她的話語中，包含著難以言喻的辛酸。

「即使忘了我也無妨。如果取回記憶只會讓她受傷，我寧願維持現狀。」

「月見里同學……」

「只要讓她見到小鳥遊同學你，就能消除她的遺憾……原本應該是這樣。但是單憑照片沒能超渡她，即使帶她去拍照的地方，也沒有成佛……我實在沒資格當詩織的朋友，說不定我根本不了解她。」

為什麼月見里同學在發出這種傷痕累累的聲音時，還能保持笑容呢？

「但是啊，那孩子果真喜歡上你了。我覺得只要讓她在沒有想起父母的情況下，跟你一同度過幸福的時光，那她肯定能抹去遺憾、順利成佛才對。」

我無法理解月見里同學究竟在說什麼，唯一傳達給我的，就是她不想傷害詩織小姐，並且真心希望詩織小姐能得到幸福。

「但是，我逐漸開始感到害怕。啊，一旦詩織成佛，她就會消失不見。好不容易能再次見到面，她又要從我身邊消失。一想到這點，我就害怕得不得了。」

月見里同學無力地露出又哭又笑的表情後，先用袖口輕擦眼角，接著用認真的眼神望向我。

「小鳥遊同學真的想讓詩織成佛嗎？」

「……」

「小鳥遊同學一樣會再也見不到那個孩子喔。這樣真的沒關係嗎？」

看著月見里同學真摯地仰望我的眼神，我一時語塞無法回話。

再也無法見到詩織小姐。

其實我現在也不算「見到她」。我看不見她，也聽不見她的聲音。

即使如此，詩織小姐「似乎在那裡」跟「已經不在了」之間，還是有著奇大無比的鴻溝。

「而且，那孩子如果一直待在你身邊，我也能夠放棄你——」

月見里同學訝異地摀住自己的嘴巴。我無法理解她下意識說出的話語帶有什麼樣的意義——或著該說因為害怕理解，我只能再次喊了她的姓氏——

「月見里同學……」

「——我實在是太差勁了。」

我無法跟低著頭的月見里同學繼續說下去，好一段時間都只能聽著風聲。

足以讓人覺得是永遠的幾秒鐘在我們之間流逝後，月見里同學下定決心看向我：

「那個，小鳥遊同學。你喜歡詩織嗎？」

「……嗯。」

「……太好了。」

她露出鬆口氣的笑容。雖然她的表情是在笑沒錯，但總覺得那抹微笑中夾雜著一絲絲寂寞。

「我也最喜歡詩織了。所以……如果是詩織跟你的話……」

接下來的內容似乎很難用言語表達，她彷彿放棄什麼東西般閉上嘴。

只見月見里同學緩緩地起身，將手伸進一旁的包包，從裡面取出了彷彿是厚重書本的東西。

「啊哈哈。這個一直都放在我的包包裡面。拿去。」

月見里同學邊說邊把東西遞給我，我則在不知道那究竟是什麼的情況下接住了。

接著，月見里同學轉身背對我。就算很想對那個背影伸出手，我卻無法那麼做。

她往前走幾步後，有點猶豫地將上半身緩緩轉向我。

「對不起。『織織』的事情就拜託你了。」

因為逆光讓我無法看清楚她的表情。但是她露出微笑的嘴角，以及從旁邊滑落的小水滴，清楚地烙印在我看不見幽靈的瞳孔中。

月見里同學沒有等我回答，直接離開了。

我們明明是打算幫助他人，想讓他們露出笑容，卻因此傷害另一個人。

所謂活著，就是在這段過程中傷害各式各樣的事物。

在找出究竟該怎麼辦才好之前，我們將會不斷重複做著這種事情。

＊　＊　＊

坐在鞦韆上好一段時間的我，心情稍微平復後才走出公園，接著到車站附近的書店閒晃，因為我覺得如果帶著這種表情回家肯定會很麻煩。我實在不想讓雙親、妹妹以及詩織小姐擔心。

話雖如此，已經超過晚餐時間很久了。要是一直待在外面，反而會讓他們更擔心吧。不巧的是，手機偏偏正好沒電了。

為什麼在外面閒晃到這麼晚——抱著挨罵的覺悟，我回到家裡。

「我回來了。」

「哥哥，糟糕了！」

戰戰兢兢地打開玄關大門的我，聽到的是小夏的聲音。

「詩織小姐不見了！」

「……咦？」

這段缺乏實際感的話讓我發出了奇怪的聲音。

「她剛剛有回來，但卻突然說出：『受各位照顧了，我要離開了。』」

「……這是怎樣？」

「她還說：『我不想再繼續傷害昴同學跟小月了。』哥哥，到底發生了什麼事……？」

——她聽到了。

我一瞬間就明白。

詩織小姐看到我跟月見里同學對話的那一幕。

以及月見里同學泫然欲泣的笑容。

這時，電話像要追打落水狗般響起。妹妹立刻拿起電話應對，接著露出害怕的表情看向我。

「哥哥……是留靈體中心打來的。」

我不發一語接過電話。

『喲，小鳥遊同學。』

那是我曾經聽過的聲音。

「……櫻木先生。」

『詩織小姐剛剛抵達本中心了。』

「……！」

因為得知她的所在地而鬆口氣的同時，不知名的恐懼也襲擊了我的內心。

『由於她表示希望能入住本中心，我們已經幫她完成手續了。』

「你怎麼可以擅自……！」

『本中心尊重留靈體本人的意志。而且她無家可歸啊……這是她本人的決定喔。』

我無法做出任何回應。

『放心吧，在詩織小姐順利成佛前，我們會負責照顧她。你不需要再勉強自己了。』

「……請讓我跟詩織小姐說話。」

『要怎麼做呢？』

這可能是因為我的自卑造成的錯誤印象，但是他的這句話聽起來像是在揶揄我。

『由我來轉達她說的話，你就能夠滿足嗎？』

「這……」

小夏正用恐懼的眼神看著我。

我不知道現在自己臉上究竟是什麼樣的表情。

『沒關係，你只要回歸正常的生活就好了。小鳥遊同學你已經很努力了，要一個靈感異常的人為幽靈做些什麼，實在太過勉強了。』

「……我……」

櫻木先生的論調非常正確。

我已經沒辦法再幫上任何忙了。如果真的是為詩織小姐著想，把她交給留靈體中心的專業人士是最好的選擇。

那麼，在我的心裡暴衝的這股感情究竟是什麼？

即使在我試著賦予這股感情名字的同時，安慰……或著該說可以當成是嘲笑的話語依然刺激著我的耳朵。

接著，我聽見了最後一句話——

『這就是所謂的現實喔。』

在我陷入呆滯時，對方掛上電話，徒留掛斷後的聲音在虛空中迴響。

「咚」一聲。

話筒從我手中滑落，重重摔在地上。總覺得那道聲響離我好遙遠。

就這樣，她從我的身邊消失了。

■她與他還有我

從那孩子消失之後，已經過了一個月。

佐佐木詩織的時間停止了，月見里舞彩的時間則繼續走下去。我原本以為我們兩個的時間是能一直延續下去的平行線，如今我才注意到，那兩條線其實長短不一。

遞來的啤酒杯水面上，扭曲地反射著自己的臉龐。我注視著那張笑臉，在內心低聲罵那張笑臉的主人還真是薄情。

雖然我多少也覺得這是沒辦法的事情，然而我對於重要的朋友才剛剛去世，卻還能露出這種表情的自己，有著深深的罪惡感。

好友在高中三年級春假去世的我，於四月成為了大學生。與同班同學們相識，選擇社團，面對初次學習的科目……接下來，我將生活在那孩子不曾認識過的世界與時間當中。而且，沒有辦法將這些事情傳達給那孩子知道。因為那孩子已經成佛了——當時的我是這麼認為。

那是與才剛記得名字的同學們，一同在居酒屋的堀座敷（註12）舉行的宴會。雖然手上拿著烏龍茶多少缺乏了那麼一點感覺，但是只要場子夠熱，其實沒有太大的關係。

「那個，月見里同學……」「我可以直接叫妳舞彩嗎？」

雖然不擅長自己找話題，不過我很喜歡跟別人聊天，也不討厭配合周圍的話題。與同學們交談時，我的視角突然注意到一樣東西。

是相機。

而且是如今相當稀少的單眼相機。雖然我沒有足夠的知識能夠單靠型號分辨是新款還是舊款，不過看得出來那台相機已經使用一段時間了。剛剛男孩子們還熱烈地討論了相關的事情。不愧是理工科系，大家都很在意稀奇的機械。坐在相機的旁邊、我斜前方坐墊上的人應該就是相機的主人，是個感覺不太起眼的男孩子。我記得他的姓氏應該是「高橋」吧。

仔細觀察他的容貌後，就發現他戴著不太常見的白框眼鏡。他身穿工作褲配上T恤、深藍色的登山夾克這種不是太特別的服裝，面容還留有些許稚氣。雖然可能不是本人刻意營造的氛圍，但是個會讓人覺得他很可愛的男生。另外就是有種跟容貌不搭的穩重感。他沒有積極地參與同學們的話題，而是站在與他們隔著一段距離的地方，悠哉地

註12：日式餐廳、居酒屋才會看到的場地，地板的座位前方有可以把腳放下去的大洞，桌子則放在洞上面。

喝著烏龍茶。

「高橋同學，你喜歡攝影嗎？」

說實話，我已經不記得自己為什麼要向他搭話了。

他短暫地露出驚訝的表情後，微笑著看向相機。

「啊，抱歉，讓妳覺得不舒服嗎？我立刻收起來。」

他邊說邊開始動手將相機收進相機包當中。

「啊，不會，不是這樣的。是因為我的朋友過去也很喜歡攝影。」

這樣啊，已經是過去式了呢——我邊說邊這麼想著。

「欸～～」

發出似乎很有興趣的聲音，他朝我望了過來。

「不過常常被說這不是什麼多好的興趣呢。」

「有個熱衷的興趣就是件好事啊。」

我一邊回答一邊想著「他的眼睛好漂亮」。

得透過眼鏡的鏡片才能看見，顏色有些淡，接近褐色的眼眸。

「……我的臉上有沾到什麼嗎？」

「……啊，對不起！」

發現自己一不小心看得入迷，害我整個人慌張起來。不過除了高橋同學外似乎沒有人起疑，讓我內心鬆了口氣。重新仔細觀察對方後，我得到的結論是「坐在那裡的是一位非常平凡的男孩子」。

坐在他旁邊的其他男同學用手臂勾住他的脖子。

「喂，『小鳥遊』，你也再玩得開心一點啊！」

「我很開心啊，會費繳得很值得喔。」

「我不是指這個啦？大家好不容易同班耶～～」

看著他們的模樣，默默想著「剛剛的事情就這樣過去真是太好了」的我，突然發現自己好像聽到什麼糟糕的事情而歪著頭。

——「小鳥遊」？

「那個，坂宮同學，請問一下。」

「月見里同學，怎麼了？」

「你剛剛……」

「哎呀，因為小鳥遊一臉無聊的模樣啊～～」

「你剛剛是說小鳥遊，對吧？不是高橋嗎？」

聽到我這句話，高橋同學——正確來說是小鳥遊同學——輕輕笑了起來。

「偶爾會有人弄錯呢（註13）。我是『小鳥遊』，寫做『小鳥在遊玩』，讀成『TAKANASHI』。請多多指教，『能看見月亮的鄉里』的『YAMANASHI』同學。」

不用說，我接下來自然是用盡全力向他道歉。

隨身攜帶如今已經很少見的相機的「小鳥遊」同學。

雖然我當天因為自己的失態陷入一片慌亂而沒有注意到。但是冷靜下來思考後，發現自己曾經聽過這個名字。而且是對於我……對於我們而言相當特別的名字。

織織以前最中意的同年攝影師──「小鳥遊昴」

那個人絕對是他。雖然沒有任何保證，但我仍注意到這點，而且沒有弄錯。

等我注意到時，自己已經開始注視著他。

總是讓那孩子打起精神，身分不明的攝影師。織織一直很崇拜的，與她同年的少年，我多多少少也受到她的影響。對於這個人如今出現在面前一事，我感到不可思議的同時，也有些後悔。

接著，在我差不多開始習慣沒有她的每一天，以及有他在身邊的日常生活時──

「織織……？」

我在因為校慶而人聲鼎沸的校區入口旁，遇見了一名無所事事站在那裡的幽靈。

她是我最熟識的女孩子，也是我兩個月前去世的摯友。

聽見我呼喚她名字的聲音後，她的表情一瞬間因為驚訝而僵住。等她慌慌張張轉過身去的臉，緩緩地重新面向我時，那張令我懷念不已的臉龐浮現著困惑的表情。她用與保留在我內心深處完全相同的聲音，說出了這句話：

「……妳是誰？」

註13：「高橋」的日文發音是TAKABASHI，和「小鳥遊」的TAKANASHI很接近。

第五話　然後，我們相遇了

「非常抱歉，目前佐佐木詩織小姐謝絕所有面會。」

再次拜訪留靈體中心的我，被櫃檯的女性禮貌性地請回。她面對激動的我，露出如同嘴上所說充滿歉意的表情表示：

「負責詩織小姐的諮詢師吩咐過，不能讓任何人進去。」

是櫻木先生。他似乎已經預料到我會過來。回想起他那驕傲的語氣，我心裡一陣咒罵。然而身為一介大學生的我能做的不過如此，最後只能無力地離開。

等回過神時，我已經躺在自己房間的床上仰望著天花板。帶著一股胸前彷彿破了個大洞的強烈喪失感。沒想到自己竟然會有這種平凡的感情，總覺得很不可思議。

往放在桌上的時鐘一看，已經是傍晚時分了。雖然我對時間失去感覺，但似乎已經保持這個狀態好幾個小時了。

詩織小姐——佐佐木詩織從我身邊消失了。

即使說她「消失」，她原本就是我無法感知的存在，跟「不存在」其實差不多。要說原本就不存在的事物消失滿奇怪的，但除此之外我不知道該如何表現這股心情。

我曾經打算永遠不跟幽靈扯上關係生活下去。然而她卻硬是闖入我的內心，將其徹底翻攪後又消失不見。

即使如此，我還是相信她原本就不存在。我只能這麼做，也應該要這麼做——我的內心正以櫻木先生的面容如此低語著。

咚咚。

那道輕輕的敲門聲，讓我拿開下意識覆蓋住臉龐的手臂。

「門沒鎖。」

我才說完，就看到小夏一臉猶豫地探頭進來。

「小夏，什麼事？」

「嗯……我可以進去一下嗎？」

「進來吧。」

妹妹反手關上房門後，抬起原本微微低著的臉龐。感覺她綁在後腦杓的髮束也無力地垂落。

——她為什麼要擺出這種表情呢？明明什麼都沒有改變，為什麼要露出這麼痛苦的模樣？

在我感到驚訝的這段時間，妹妹環視我的房間，表情變得更加低落。那個動作感覺像是在確認某種事物是否存在。

只有從開啟的窗戶傳進來的雜音，以及壁掛時鐘刻畫時間的節奏，填補著這段空白。直到秒針轉了一圈後，小夏才輕聲說：

「哥哥，你沒事吧……？」

「我只是有點累。」

「哥哥……」

不要擺出那種受傷的表情啦。那是原本就不存在的東西吧？為什麼我們非得為了那種東西如此痛苦呢？

「幽靈什麼的，要是不存在就好了」——我對於自己許久不曾這樣想，以及為了完全不同的理由又再次有這個想法感到驚訝。

「對不起。」

「……妳為什麼要道歉？」

突如其來的道歉，讓我反應變得遲鈍的感情再度感受到驚訝。妹妹面對著地板硬擠出來的話語，靜靜地衝擊著我。

「要是我也看不見幽靈就好了。這麼一來，哥哥就不用這麼痛苦了。」

「妳在說什麼……」

「……對不起，剛剛的話要對媽媽他們保密喔。」

她露出一看就知道在逞強的笑容，說完她想說的話。最後她說：「馬上要吃晚餐了喔。」就離開我的房間。她跑下樓梯的腳步聲缺乏平時的輕快感。

經過大約足夠泡好泡麵的時間後，我才嘆了口氣看向天花板。甜甜圈形狀的日光燈正綻放著無表情的光芒俯視著我。

「我也知道自己早已被看穿了。」

——看不見幽靈的我，看得見幽靈的妹妹。

得知兒子看不見幽靈而感到恐懼的雙親，帶著我跑了用雙手雙腳都數不完的醫院，我也每天都在接受檢查，最後仍沒有得到任何的成果。無論嘗試多少次為了看見幽靈所需要的方法，接受多少次催眠，其他的孩子理所當然能做到的事情，我無論經過多久依然辦不到。

我會騎腳踏車，也能在泳池游泳……但我看不見幽靈。我的父母究竟恐懼什麼，如果是現在的我，也不是完全無法察覺。

到了小我四歲的妹妹升上小學四年級，在學校學習靈感的日子到來，並且得知她跟其他的孩子一樣能看見幽靈。在我不知道的地方偷偷流淚的雙親，究竟對於不小心聽到他們對話的我有什麼樣的想法呢？我將那一天的記憶跟絕望與嫉妒的泉水，一同埋藏於內心深處。

不知為何變得不想待在家裡，於是我瞞著家人偷偷離開家門。

我沒有多想什麼就跑來距離大學最近的車站並停下腳步，接著又彷彿要找個安全的地方躲藏而進到了附近的咖啡廳。

在我不知道第幾次啜著已經冷掉的綜合咖啡時——

「喔，還真巧。」

這種計畫性犯罪行為中經常會出現的話語，毫不留情地踐踏了我的感傷。抬頭一看，發現有著模特兒身材、與我非常熟識的女性正俯視著我。

「不想問問我是怎麼找到少年你的嗎？」

「我沒興趣。」

「真是不配合～～」

麗華學姊邊說邊坐到我對面的位子上，她右手拿著這間店最暢銷的黑糖蜜奶茶。那杯奶茶價格不便宜，跟我手上這杯只因為便宜就點的綜合咖啡相比，有著天壤之別。

這個人究竟為什麼會來這裡——這種事根本不用多問。

關於詩織小姐消失的事情，妹妹昨晚已經聯絡瀧尾了。那麼社長跟麗華學姊肯定也有接到通知……當然，月見里同學也是。

想起少女在逆光中露出微笑的模樣，我的內心就有種被毆打的感覺。

麗華學姊喝一口奶茶，露出滿足的放鬆表情。她注視著我好一陣子，然後用跟平時一樣的態度，說出令人瞠目結舌的抱怨：

「如果你什麼都不跟我說，那我們就談不下去啦，華生。」

面對這位學姊，我露出連自己都覺得冷淡的視線望向她。

「所以學姊是來安慰我的嗎？這個問題可以嗎？」

「雖然是制式的問題，不過這就是解決事件的捷徑喔。」

是要解決什麼。又不是有真正的犯人和名偵探，也不是需要勇者打魔王。這如果是愛情故事的話，即使不斷錯過，結局時也能確認對方的愛意並互相擁抱吧。

但是我們之間不存在這種簡單易懂的結局。

我別說碰觸她了，連想看見她都辦不到。

「從你臉上表情判斷，你肯定是在接到電話的隔天早上就跑去醫院，結果不得其門而入；冷靜下來思考自己究竟想做什麼，卻仍然搞不清楚，所以正陷入混亂當中？」

「差不多就是這樣。」

「……好啦，看穿這些的不是我，是社長。」

既然知道就不要再追問下去了，好嗎？

為什麼這個世界就是不肯放過我呢？我無視幽靈，幽靈也無視我。這麼一來我們肯定能得到幸福。

大概是看著沉默的我，察覺到我內心想法，麗華學姊露出前所未有的認真表情。

「小鳥遊小弟，你喜歡詩織對吧？」

「即使如此又怎樣？」

情況已經進展到跟這件事毫無關連的地方了。她為了成佛前往留靈體中心，已經不會再出現在我面前了。

「詩織小姐可是自己想去櫻木先生那裡才過去的。如此一來，我還能做什麼？」

「……我總覺得現在光是怒罵小鳥遊能讓我講上十分鐘，不過讓我講一句就好。」

她像是深吸了一口氣般將頭抬高，又回到原本的姿勢。接著瞇起眼睛瞪著我。

「——你啊，真的是笨蛋。」

「……我知道自己是笨蛋。」

「不要假裝很懂地講些自以為了不起的台詞。」

我暗中想著那要算是第二句話了吧。

「關於詩織小姐離開的原因，你應該有聽你妹妹說過了。我不清楚詳細的狀況是怎樣，但她肯定是因為擔心你跟舞彩吧。讓她像這樣跟你們斷絕往來，在大家不知道的地方成佛，對那個孩子來說真的算得上是幸福嗎？」

「不然……妳說到底要怎麼辦？」

一陣巨大的拍桌聲響。等我回過神後，才發現店內的視線全都往我身上集中。忍不住起身用雙手重擊桌面的我，連忙低著頭坐回椅子上。

等到我多少冷靜下來為止，學姊一直保持著沉默。

「我看不見幽靈。這樣的我，究竟要怎麼幫助身為幽靈的詩織小姐？」

只要稍微思考一下，就會發現這是理所當然的事。比起待在我這種人身邊，倒不如乾脆點直接去留靈體中心，請他們幫忙超渡詩織小姐還比較快。從一開始就該這麼做了，我卻因為自以為是的想法綁住她。

或許我真的不該跟幽靈扯上關係。

「我說啊，你果然對於自己看不見幽靈的事情感到痛苦嗎？不准給我講『看不見的東西本來就不存在，所以我不會覺得痛苦』這種話。」

「……很痛苦啊，怎麼可能不痛苦！」

我說出的內容，是根本不需要確認的事情。

每個人都有屬於自己的痛苦。畢竟「不幸」這種事只要刻意找就能找到一大堆。每個人肯定都曾這麼想過——「為什麼只有我會遇上這種事情。」

聽完我的回答後，學姊點點頭。

「這樣講或許有些卑鄙，不過只要尋找，應該能找到更多過得比你還痛苦的人。然而不應該跟人比較到底誰比較不幸，也不該跟理想相比而陷入絕望。如果你現在覺得痛苦那就痛苦吧，這樣就好。如果你想哭，大哭一場無妨。」

接著學姊露出自嘲的笑容移開視線。

「……如果是別人的事情就能看得很清楚呢。」

浮現在麗華學姊內心的，應該是她哥哥的事情吧。

「結果……」

學姊右手握拳敲了一下我的左胸。

「你所追求的答案，有一半就在這裡才對。因為這是你跟詩織之間的感情問題。」

接著她喝下最後一口奶茶。

「……我究竟該怎麼做才好？」

「該決定這點的人不是我喲。」

這句話聽起來像是在拋下我不管，可是我在話語中感受到的溫暖應該不是錯覺。

「我認為，你現在必須思考的不是『你該做什麼』，而是『你想做什麼』。」

「……請不要說這種任性的話啦。」

我的回答讓學姊露出諷刺的笑容。

學姊最後低聲表示：

「也對。」

＊　＊　＊

學姊沒有再多說什麼就離開了，留下我一個人坐在咖啡廳裡。她平時明明都不考慮別人的心情就直接纏上來，偏偏這種時候又很懂得看狀況，實在讓人很不爽。

無論如何，我的心情的確輕鬆不少。

——我究竟想要怎麼做呢？

雖然有句話常說「自己的事情自己最清楚」，不過還是有正因為是自己的事情，反而更搞不清楚的狀況。

我拿出一直放著沒管的手機一看，通知有未接來電的指示燈正不斷閃爍。有妹妹每隔五分鐘就打來的未接來電紀錄以及瀧尾傳的簡訊，連社長都打了好幾通電話。另外，月見里同學也傳來一封簡訊。

月見里同學究竟是抱著什麼樣的想法，把詩織小姐帶來我們這裡呢？究竟用什麼樣的心情面對失去記憶的朋友呢？我是否有稍微理解隱藏在她溫柔笑容背後的事物呢？

究竟該不該讓變成幽靈回來的朋友成佛……月見里同學肯定一直獨自煩惱這件事吧。我選擇揭穿這件事，說不定是個非常嚴重的錯誤。

即使如此，她還是把這件事託付給我——我直到現在才總算注意到。月見里同學那時交給我一樣東西。我沒有特別確認裡頭的內容，只是將它放在我帶出來的包包當中。

那是一本厚度跟能用上好幾年的日記差不多、有著美麗花紋封面的書。由於上面沒有書名，與其說它是書，比較有可能是日記之類的東西。

——『對不起。「織織」的事情就拜託你了。』

月見里同學留下的那句話在我腦中響起。「對不起」這句話，指的究竟是她隱瞞自己跟詩織小姐的關係，還是她沒有把這本書交給我呢？

我有一種預感，一旦打開這本日記，要不是事態會出現很大的變化，就是我再也不能回頭了。

注視著封面好一段時間後，我吐口氣。雖然只是很簡單的動作，不過在這口氣吐完時，我也下定了決心。

解開綁在本子上的結，我翻開內頁。

出現在我眼前的是深色的大海——彷彿能親身感受到水滴四濺，海浪充滿躍動感的瞬間。

那是我曾見過的大海——不，曾見過的照片。

不為別的，那正是我所拍攝的照片。

把視線移到隔壁的頁面，時間點來到傍晚，是夕陽的反射彷彿寶石顆粒般在水面閃耀的畫面。

不管我往後翻幾頁。

出現在上頭的，都是我所記得、所留下，屬於我的風景。

為什麼這種東西會——

『一開始，我覺得如果是小鳥遊同學你，一定能讓那孩子成佛。因為她的「遺憾」就是小鳥遊同學。』

這些照片全部都是我參加報紙、雜誌或地區舉辦的攝影比賽時，刊載的作品。

即使如今攝影不再是為人所誇耀的興趣，還是有些攝影比賽一如往昔地舉辦著。這肯定是因為想向某些人傳達某些事物吧。因為有人不想讓攝影這種表現手法消失無蹤。身處於這樣的年代，我很清楚這是多麼接近奇蹟的事情。

我當時發現有這類的比賽後，一直拿「拍不到幽靈」的照片投稿。

我最初拍攝的，是人群中突然空出來的空白。或是夾在露出笑容人們中間的奇妙空間。這就是我所看到的世界，這才是本來該有的世界，我想將這種充滿傷痕的想法，強加到別人身上。我沒有使用筆名，而是以本名，用彷彿想打倒什麼的態度不斷地投稿。

當我注意到自己的行為有多麼醜陋時，曾經一度想放棄攝影，但是攝影已經化為我的血肉，根本無法放棄。不知何時我變得只拍風景，選擇就算有個萬一，幽靈也不可能會入鏡的構圖。然而我也有自覺，自己內心的某個角落依舊很介意幽靈的事。

愈是無視幽靈的事情，愈是認為自己投入在攝影中的熱情與幽靈無關，反而愈在意幽靈的事情。我無法隱藏對這樣的自己所感受到的焦慮。

我這些年的經歷，經由一名少女的手統整起來。

——我總算明白了。

對詩織小姐而言，讓她覺得「懷念」的不是那片海洋，而是我的照片本身。只有「小鳥遊昴所拍攝的照片」這件事，對她來說具有意義。

詩織小姐看著這些照片時，究竟都在想些什麼呢？是覺得很尖銳，令人感到煩躁嗎？還是對於排除幽靈的構圖感到不悅呢？抑或是這樣的作品，仍多少能讓她覺得美麗或溫柔呢？

水滴突然滴落在照片上，讓我急忙用袖子擦拭。隔了好一段時間，我才發現那是我自己的眼淚。

我想聽聽妳的聲音。

我想跟妳說說話。

我的話語有傳達給妳吧？妳是否也看見了我的世界呢？

如果真的是這樣，那我感到非常抱歉，同時也非常高興。

接下來我可能也會詛咒這個世界，可能會對於無法到手的事物感到焦慮，再次抱著陰暗的情緒拿起相機。

即使如此，我還是想相信我的這份思念——我對妳的感情並非詛咒。

不知道的話，肯定會比較幸福吧。但是既然已經知道了，我就非得把手伸出去不可。人類真是因果的生物呢。畢竟已經無法回去一無所知的時候了。我在這裡煩惱著、哭泣著，但還是尋求著笑容。

就算我看不見、聽不見，她也肯定就在那裡。

沒錯，我能夠相信她在那裡，現在只要有這點就足夠了。

這可能只是不成熟的衝動，但是——

我用衣服的袖子使力地擦了擦眼睛。敲著手機的鍵盤，我找出了一個名字。可能是一直在等我的聯絡吧，電話才剛撥通，來電答鈴連一聲都還沒響完，我就聽見朋友的聲音了。

『喂。』

「瀧尾，我有事情要拜託你。」

『嗯，你說吧。我會算你便宜一點的。』

聽著瀧尾在電話另一端說著大話，我深深吸了一口氣。

我的思路非常清晰，感覺像是一直不知道該放在哪裡的拼圖碎片終於找到位置，使得拼圖的完成度一口氣飆升。

現在的我很清楚詩織小姐的「遺憾」究竟是什麼。為什麼她會來到我的身邊，以及我為什麼無法實現她的願望。我只要能好好面對她就夠了。

即使會被說「事到如今才講這種話」我也不在乎。

「來幫我。我要超渡詩織小姐。」

＊＊＊

接著，我們搭上社長駕駛的小廂型車，在深夜的都市中奔馳。我內心雖然覺得被當成工具人使喚的社長很可憐，不過既然本人如此興致高昂，應該沒什麼問題吧。要讓詩織小姐成佛。我只說這句話，大家就都接受了。

坐在我旁邊的麗華學姊，露出有些壞心眼，卻又很溫柔的表情說道：

「所以你做好覺悟了？」

「是的——如果我真的是這麼乾脆的男人就好了。」

「欸～～算了，也沒什麼不好。」

學姊露出苦笑繼續說：

「畢竟你就是這樣的人啊。」

「我實在無法想像，充滿男子氣慨、立刻做出決定的小鳥遊同學呢。」

把話繼續接下去的，是突然從後排座位探出頭來的月見里同學。實在是有夠多管閒事的。

附帶一提，坐在月見里同學旁邊的瀧尾正低著頭，同時用手遮住嘴巴。他右手緊緊握著手機，從剛剛開始像是下定什麼決心般，把頭抬起、寄出簡訊，然後又一邊呻吟一邊低下頭，不斷重覆這兩個動作。

「嗚嗚……」

「你很容易暈車，真的不要太勉強……」

好好一個大帥哥都帥不起來了。瀧尾這個人明明搭電車時完全沒有問題，坐上汽車卻會暈車。可以的話我也不想讓他坐車去，但畢竟已經深夜，考慮到回家時的交通方式，不開車會很恐怖。

「我才不會這麼簡單……就認輸呢……」

看著好友露出悲壯的表情說出帥氣的台詞，我聳了聳肩。缺乏緊張感的一行人，就這樣大半夜地開車進入留靈體中心的園區。

一名女性正在那裡等著從小廂型車上走下來的我們。她身穿應該是護理人員的白色服裝，盤起來的頭髮微微從護士帽中露出來。

「我等很久了喔，瀧尾小弟。」

「謝謝妳，美里小姐。」

「在深夜裡把工作中的女性找出來，你還真是有夠大膽呢。」

「哈哈……」

「所以？當時一起過來的朋友今天也在？」

「妳好。」

我立刻低頭致意。

這時我想起第一次跟瀧尾一起來留靈體中心時的事情。

『哎呀，午安。今天需要什麼樣的協助呢？』

瀧尾走去櫃檯時，負責接待的大姊姊——眼前的這位女性露出非常友善的笑容開口搭話。我當時以為會這樣是因為瀧尾長得很帥，但事實不是如此，而是他們兩個原本就認識。

「兩位是第一次來我們中心嗎？」

再來還有這句話。當時的我完全沒有注意，但只要仔細想想就會發現不太對勁。當時在場的有我、瀧尾以及詩織小姐三個人。

可是當時她口中「第一次」來的人只有「兩位」——因為瀧尾並非初次到訪。

只要好好思考，就能輕易察覺這件事。

不過我們就不要深究他們兩個究竟哪一種「朋友」了。

「你們有一些話，無論如何都想傳達給謝絕會面的朋友知道……是這樣沒錯吧？」

她把雙手環抱在胸前，看著我們五個人表示：

「這是我個人給你們的忠告，勸你們別那麼做。放任感情、無視規則，最後只會讓自己痛苦而已。」

「跟相差十歲的我這麼『要好』的美里小姐，其實也差不多吧。」

「你真的變得很會耍嘴皮子呢……只有十分鐘喔。」

她不發一語地轉身邁步離去，瀧尾、月見里同學以及我三個人隨後跟上，社長跟學姊負責留下來顧車。

深夜的留靈體中心用跟白天看到時完全不同的樣貌迎接我們。雖然還是有能看清周圍狀況的燈光，但是因為燈光亮度減低，整體一片昏暗。白天時能觀賞庭院的窗戶也全都拉上窗簾，讓人有種狹窄到喘不過氣的感覺。這是一幅彷彿看到隱藏在華麗舞台劇背後一片混亂的後台，是個會刺激罪惡感的景象。

我們往前幾天過來時沒有去過的住院大樓走去。感覺像是原本就瞄準好這個時間帶，一路上都很順利，完全沒有遇到其他職員。看來為了成佛而離開家人住進留靈體中心的幽靈不算太多。雖然有規劃住院的場所，但是跟整個園區的建築物相比，感覺小上許多。

「她在最裡面的房間喔。」

實在太過順利就抵達終點了。

＊＊＊

打開門後，預料中的人物站在我的眼前。

「果然是你們啊。」

身穿白袍的高大人影，轉過身來面向我們。他半邊的身體正被從走廊探入的光線照耀著。

「我就想你應該會來呢，小鳥遊同學。」

「櫻木先生……！」

櫻木真也，技術高超的諮詢師，以超渡承攬人之名號聞名的男人。他那對能看穿內心深處的雙眼，正緊緊捕捉著我的臉。

「你們真的覺得自己是偷跑進來的嗎？即使是幫你們帶路的她，也不希望你們變成罪犯吧。」

感受到站在我身後的瀧尾急急忙忙回頭望。

「你們可不能責備她喔，『大人』也是很辛苦的。」

看來我們的行動完全被看穿了。如果不是這樣，根本不可能那麼容易進來這裡。雖然我不知道瀧尾委託的那位女性，究竟是煩惱過還是立刻就下了決定，但她的確是依照主治諮詢師櫻木先生的指示行動。

「無所謂。」

這點程度的事情，我早就預料到了。

「……什麼？」

「在這裡見到你，才是我的目的。」

「……我跟你的對話應該已經結束了。」

「我才不管你怎麼想呢。」

櫻木先生露出似乎很感興趣的表情開口：

「喔……我原本打算立刻趕你們離開，不過就稍微聽聽你要說什麼吧。」

「——這個。」

我拿出帶來的相簿給櫻木先生看。從包包取出這本相簿時，我有用眼神知會一下月見里同學，她則是無言地點點頭。

「反正你已經都知道了吧。要讓詩織小姐成佛需要我的幫助。」

「至今為止，你究竟有沒有好好聽我說話呢？只要靠我的手法，即使沒有你、沒有解除真正的遺憾，也可以超渡幽靈。你不應該再插手這件事了。親手切開對自己來說很重要的事物，將會對你們本身造成重大的傷害。」

接著，他用帶有堅強意志的眼神盯著我們。

「讓幽靈成佛是屬於我的工作。」

這是在一旁見證眾多幽靈成佛的他，才說得出來的話吧。

這個與幽靈共存的世界抱持著各式各樣的扭曲。在高掛「共存」招牌的背面，其實隱藏著感情的漩渦，而這個人一直都直視著那個部分。

我已經不是個小孩子，不會聽不懂那段話代表的含意。

——但是，也沒有成熟到聽了那番話就能冷靜下來。

「我剛剛說過了吧，我才不管你怎麼想呢。」

我的話語讓櫻木先生挑了挑眉毛。

「而且，你的想法雖然溫柔卻不正確。不要擅自決定別人的感情，我們讓幽靈成佛後感受到的悲傷也好，苦惱也好，全都是屬於自己的，不是你可以擅自決定的東西！」

「……世界並非只靠正確的事在運轉，到了你們這個年紀，差不多該理解這一點了。」

忽然間感覺到有人輕輕抓住我手肘部分的袖子。即使不轉過頭，我也知道那是月見里同學伸出的手。

瀧尾則伸手搭上我的肩膀。他一邊用另一隻手調整耳機，一邊用催促的眼神看向我。

這種溫柔的感覺，讓我向前踏出一步。

「即使如此，我還是希望在自己能做到的範圍內，做對我而言正確的事情。」

超渡詩織小姐後，我們肯定會深深受到傷害吧。甚至可能有那麼一天，會後悔、會憎恨起超渡她的自己。

然而這仍是我們該做的事情。

更重要的是，這是我們想做的事情——

「櫻木先生，讓我們跟詩織小姐見面。」

櫻木先生灰色的眼眸正面承受著我的視線。我們的視線短暫交錯，最後是櫻木先生主動移開。

「……不管我怎麼說，你們都不肯聽，是吧。」

櫻木先生往移開的視線前方嘆口氣後，重新看向我們。

「好吧，你們就試試看。」

櫻木先生用放棄掙扎的模樣說了這句話後，指示待在走廊上的美里小姐帶詩織小姐過來。在對猶豫不決的美里小姐重複一次指示後，櫻木先生望向一臉驚訝的我們。

「怎麼了？這是你們的要求吧？」

「呃、那個……只是沒想到你會這麼乾脆答應。」

瀧尾代替我說出了我的心聲。

「我沒有時間直接應付小孩子的正義感。而且失控是小孩子的特權，大人該做的不是拘束你們，而是幫你們善後。」

櫻木先生露出諷刺的笑容，講得頭頭是道。

「更重要的是，小鳥遊同學。你該說服的人不是我，而是她本人。」

＊　＊　＊

『為什麼……？』

在剛剛帶我們來這裡的女性——美里小姐的帶領下，詩織小姐一走進這間房間就立刻這麼說。

看著瀧尾遞出的手機螢幕上顯示的這段話，我是這麼回答的：

「我們來接妳了，詩織小姐。」

同時也是為了超渡妳。

『不要這樣！要是我待在你們身邊，昴同學跟小月就……』

「……！妳……想起我的事了，對嗎？」

在瀧尾把接下來的這段話打給我看的同時，月見里同學感動至極地如此說道。

「妳叫我『小月』了……」

『……小月，對不起。我並不想讓事情變成這樣……我不想傷害小月。我希望妳能忘記我，快樂地活下去！』

如此說著的她，究竟露出了什麼樣的表情呢？

『所以果然不能這樣。因為我——只要有幽靈在，大家就會覺得痛苦……！』

「沒有這種事！才沒有這種事呢……」

低著頭的月見里同學，與詩織小姐的話語重疊在一起。

詩織小姐肯定是因為這個緣故才想要成佛。

不僅是為了不承認幽靈的雙親，以及唯一的摯友，她也為周圍的所有人著想。

為了不傷害任何人，為了不讓以幽靈存在於世的自己讓活著的人感到痛苦。即使失去記憶，這股強烈的想法仍催促著詩織小姐行動。

正因為如此，她才會離開我們。

『所以，我會消失的。拜託你們……忘了我的事情吧。』

對著講出這句話的她——

「開什麼玩笑！」

等我回過神時，這句話已經脫口而出了。

『昴同學……？』

「一直催促別人讓妳成佛讓妳成佛，等恢復記憶就立刻『再見，不聯絡』？開玩笑也要有個限度！」

『我也沒有辦法啊！』

出現在螢幕上的只是普通的文字，不過我看得出這段文字跟慘叫沒有差別。

『我想要跟昴同學見面！就是想見你！我的遺憾只是這樣而已，而且明明已經實現了！為什麼、為什麼我就是沒辦法成佛？我不想再繼續造成昴同學跟大家的困擾了！』

「那是因為織織喜歡昴同學吧……」

月見里同學從旁插嘴。

「因為織織喜歡上昴同學了，所以沒辦法只是見面就滿足吧……？」

月見里同學所訴說的話語中充滿著確信，然而聽在我的耳中，同時也像是在隱瞞某種動搖的心情。

「不對，不是這樣的。」

我打斷了月見里同學的話。

「幽靈的遺憾在成為幽靈的瞬間就不會改變。所以詩織小姐的『遺憾』是『想跟小鳥遊昴見面』——只是這樣而已。」

遺憾不會改變。這件事月見里同學應該知道，但沒有想到也不能怪她。

雖然由自己說出口真的是很害羞。

但是詩織小姐的——佐佐木詩織的願望，真的就只是如此——「想跟小鳥遊昴見面」。

「但、但是！那為什麼她還是沒辦法成佛？」

面對因為動搖使得語氣激動起來的月見里同學，我將答案說出口：

「因為沒有『見到』啊。」

「咦……」

『咦……』

我跟詩織小姐並沒有見到面。

詩織小姐要跟我說話時，我要經由瀧尾或月見里同學傳達才能聽見。

我要對詩織小姐講話時，總是對著瀧尾或月見里同學講。

我從來沒有正面看過詩織小姐。我害怕面對自己看不見的幽靈，總是將目光移開。

沒錯，這是我第一次跟詩織小姐面對面。

聽到我這麼說，月見里同學跟瀧尾的視線集中到我身上。承受著朋友們的視線，我向櫻木先生那邊望去，看到他浮現有些痛苦的表情點點頭。

——既然如此，我不會再逃避了。

「瀧尾，詩織小姐人在哪裡？」

「……在你的斜右前方，床鋪的旁邊。」

「小鳥遊同學！」

正準備進行下一步的我，被月見里同學的聲音制止了。

「真的沒關係嗎？織織會消失喔！會再也見不到她喔？你們兩個明明就——」

「對不起，月見里同學……謝謝妳。」

我接下來準備做的行動，肯定是愚蠢至極的事情。正如櫻木先生所說，只是小孩子因為一時衝動做出的行為。可能會在未來哪天感到後悔不已。

『快住手！要是做了這種事情，昴同學……昴同學將會因此受傷！』

其實也可以選擇隱瞞詩織小姐的這段話不告訴我，但瀧尾確實地傳達給我知道。

所以——我要正視著她回答這段話。

「沒事的。一旦妳消失，我會很悲傷，也會很痛苦。搞不好還會無法原諒讓妳成佛的自己……但是，我一定會跨越這道傷痕。我不會『忘記』妳的一切，但我會把這些事變成『回憶』。」

就這樣，我往前踏出一步。

「詩織小姐，我在這裡。我來見妳了。」

「……傳達到了喔，小鳥遊。你的聲音確實傳達給詩織小姐了。」

「詩織小姐有說什麼嗎？」

「她說：『笨蛋。』」

「哈哈，說的沒錯。」

聽著瀧尾從背後傳來的話語，我繼續前進。我也知道月見里同學正在背後努力壓抑著哭聲。

我看不見的她，我聽不見的她在我的面前。

我與她相遇的瞬間，她就會消失。

這麼一來，在這最初也是最後的一瞬間，我該傳達給她的是——

不，不對。

我想傳達的話語是——

「我喜歡妳，詩織小姐。」

她對於這段告白究竟給了什麼樣的答案呢？瀧尾和月見里同學都沒有轉達給我知道。

不過，雖然可能只是我自以為是，不過她肯定會露出比我在她家裡看到的照片更溫柔的笑容——

這一次。

佐佐木詩織這個存在，真的從我們身邊消失了。

■我們的尾聲，或者該說是序幕

真正重要的事物，用眼睛是看不見的——雖然經常聽人這麼說。

例如夢想、希望，或者是愛。然而比起這些華麗的詞藻，講成「只要有錢什麼都買得到」的說法，反而更讓人覺得乾脆。

不久之前，我一直思考著這種帶著些許諷刺的事情。嗯，或許到現在也沒有多大的改變就是了。

即使如此，我在講到關於她的事情時都會閉上眼睛。

因為這麼做，能讓我多少覺得她就在自己身邊。

梅雨季結束，夏季的徵兆正式造訪。逐漸開始增強的陽光，與蟬鳴同時出現。

身為學生的我們，也不能忘記這是考試的季節，因此我家今天將要迎接新的客人。

「我回來了。」

「哥哥，歡迎回……來？」

我妹的語尾變成疑問句了，不過我也不是沒想過會變成這樣。

「打擾了。」

月見里同學從我後面探出頭。畢竟是突然到訪的客人，而且還是活生生的女孩子。要我妹不驚訝很難。今天月見里同學很少見地穿著無袖上衣，搭配窄管刷破牛仔褲，是種便於活動，但讓我不知道該把視線往哪裡擺的打扮。

「啊～這位就是你傳說中的妹妹吧。妳好，我是月見里舞彩。」

無視我內心的吐槽，她一邊伸出食指一邊探出身子。

「雖然讀做『YAMANASHI』，但漢字不是『山梨』，而是取『能看見月亮的鄉里』之意，寫做『月見里』。也請不要念成『TSUKIMISATO（註14）』喔。這個部分還請多多指教。」

「啊，好……妳好，我是妹妹。」

大概是被月見里同學的氣勢壓倒了吧，我妹回了很奇怪的招呼。因為我有種不好的

註14：月見里的日文發音也可以念成TSUKIMISATO。

預感，打算在情況發生變化前，快點進行下一個步驟。

「我們會待在我房間喔。」

「呃、那個……？」

「語學的考試快完蛋了，我們要一起念書。」

我對著歪著頭的妹妹做出不會招致誤解的說明。至於為什麼不是在大學的圖書館，而是選擇在我家念書，我其實也不是很清楚。不過瀧尾是這麼說的：

「你給我乖乖照辦。」

所以我只能被迫接受月見里同學的提案。

聽見我毫不猶豫地如此說明後，月見里同學的表情不知為何變得有些黯淡。

「那個，喝麥茶可以嗎？」

「沒關係、沒關係，不用這麼客氣～」

月見里同學親切地回應著下意識準備好拖鞋的妹妹。她迅速地排好鞋子，比我早一步踏上樓梯。

「昴同學的房間在二樓對吧？」

「啊，嗯……」

我房間的位置她應該是從瀧尾那邊聽說的吧。至於突然直呼我的名字，應該是因為用姓氏會無法分辨是在叫我還是我妹……吧？用苦笑回應妹妹試探的視線，我一邊祈禱自己沒有把奇怪的書隨便亂丟，一邊走上樓梯。

「……哥哥竟然交到第二位女友了？」

激動的腳步聲從後面傳來。看到妹妹反應如此激烈，讓我多少有點受傷。應該不需要慌張成這樣吧？所謂的「身為哥哥的尊嚴」究竟是什麼呢？

＊　＊　＊

詩織小姐消失了。

只是原本就看不見的東西消失而已……我不會再說出這種話了。因為這種話跟我自己的心境實在相差甚遠。

要說完全沒有喪失感，絕對是騙人的。然而，這是正確的選擇。因為我們都認為這才是最理想的狀況。

所以，向前進吧。

即使她不在，也一定還守護著我。

要是我跟其他的女孩子說話，她應該會覺得不高興吧。

沒事的，「我眼中只有妳」——我會這樣告訴她吧。

雖然我是這樣想，不過跟月見里同學講話時，偶爾還是會心跳加速，這算是我的小祕密。

說到月見里同學，感覺她最近態度變得比較強硬，或著該說行為比以前更積極了。這也許表示她用她自己的方式放下詩織小姐的事情了。

這樣的月見里同學，跟我說了一個悄悄話。

「我啊，可能誤會了一件事呢。」

「……是什麼事？」

「強烈地想見到對方的心情啊，說不定是代表著戀情已經開始了呢。」

「？」

最後，兩頰都紅透的她沒有再對我說什麼。

——其實，有誤解的人說不定是我。

我們都試著想讓詩織小姐恢復記憶。但是，詩織小姐有沒有可能從一開始就「沒有失去記憶」呢。

也就是說，詩織小姐只是假裝自己失去記憶而已——我直到現在才注意到這點。

月見里同學害怕「如果詩織小姐恢復記憶會受到傷害」。說不定，詩織小姐也是一樣，她對於「要是自己恢復記憶將會傷害月見里同學」一事感到恐懼。

要是詩織小姐有生前的記憶，月見里同學會因為詩織小姐家人的事情感到心痛吧。詩織小姐會不會是為了避免這點，才假裝自己失去記憶的呢？

「瀧尾跟我都想辦法讓詩織小姐『恢復記憶』，只有妳不是這麼想的。」

——我對月見里同學說過這段話。同樣地，這段話也能套用在詩織小姐身上。因為她只有說過「讓我成佛」，從來沒有說過「幫我恢復記憶」。

幽靈光是存在，就會讓活著的人感到痛苦。正因為如此，身為幽靈的自己應該盡量不要跟活人扯上關係，想辦法早點成佛——詩織小姐說不定是這麼想的。

所以，她才會那麼焦急地想成佛。

所以，她明明知道這麼做會傷害朋友，仍說出「不認識」並盡量遠離她。

所以——態度明明相當無視他人的心情，卻又非常關心別人。

——說到底，這些都只是我的妄想。

不過，畢竟是那兩位笨拙又溫柔的女孩子的事情，我覺得應該雖不中亦不遠矣。

＊　＊　＊

如今，我懷抱著一個夢想。

——與幽靈之間的關係依然研究當中。

目前人們只找到視覺、聽覺跟嗅覺方面的靈感。說不定有跟觸覺類似的感覺，即使是味覺也無妨。用人工的方式再現這些感覺並非完全不可能。畢竟，只要我們還相信著——他們就會存在。

人類正與幽靈共存。

所以我想繼續探索下去。尋找與他們相遇的方法，尋找與他們接觸的方法。

未來肯定能讓所有人類都變得能夠與幽靈交流。

這或許是我無法實現的夢想。如果是我這種凡人就能辦到的事，不知道身處何處的天才應該早已達成了吧。

不過，我已經決定要重視看不見的事物了。

夏季帶著些許溼氣的風。綠蔭微微地搖曳，持續照射著的陽光訴說著它的存在。

轉過頭，雖然我的眼睛看不到任何人，我的耳朵也沒聽見任何聲音。

「走吧，詩織小姐。」

然而我總覺得，她正露出我只有在照片上看過的溫柔笑容，對我點了點頭。

（完）

後記

直到看見得獎時的簡介寫著「與看不見的女主角之間的青春戀愛小說」，我才初次注意到「是嗎？原來這部作品是青春戀愛小說啊」。

因為明明應該是在科幻田地喝著奇幻水成長的我，回過神來已經扛著青春戀愛小說的招牌進到市場裡了，讓我真心覺得搞不懂這個世界。不過啊，這種劇情在ＳＦ的故事中應該有出現過，所以多少能看出我有受到敬愛的已故藤子・Ｆ・不二雄老師影響吧。

「只有我看得見的幽靈」算是經常出現的題材，但是反過來會是如何呢——這個想法讓我開始動筆寫下這部作品。各位覺得好看嗎？什麼？其實還沒有買嗎？這可不行喔，請立刻把這本書拿去櫃檯，將杉基イクラ老師的美麗封面插畫買回家。現在買的話還能得到附贈的小說喔！

……啊，編輯大人差不多要生氣了，所以我要來開始認真寫後記了。

好的好的，不好意思這麼晚才自我介紹，我是以本作在第二十五屆 Fantasia 大賞得到輕小說文藝賞，並且得以於富士見L文庫出道的霧友正規。我還是個剛出道的菜鳥，就算只有一點也好，我會努力寫出能夠打動讀者內心的作品。今後還請各位多加支持，多多指教。

對於注意到本作品的讀者們，我在此再次致上謝意。

畢竟是得來不易的後記，我想簡單扼要地向各位解說「主角看不見女主角」這種愚蠢作品的誕生背景。

話雖如此，其實最主要的理由正如先前所提到的，是將「只有我看得見的幽靈」的情況反轉——變成「要是只有我看不見幽靈……」。既然要寫，就寫個可愛的幽靈女孩！然後讓他們相戀！因為上述的想法，讓本作成為這樣的故事。

再來，雖然我已經寫了不少類似輕小說的作品，卻有個致命的缺點。講白一點……就是我寫不出「讓人萌得起來」的女孩子！先不管像我這種人究竟為什麼會想要寫偏輕小說類型的作品，總之我突然意識到這件事——

「咦？如果讓主角看不見女主角……並且以第一人稱寫作，我就不需要描寫女主角了對吧？」

就這樣，「主角無法認知到女主角存在的第一人稱小說」誕生了。

當然，這段故事自然有個結尾。

得獎後修改原稿時，我的責編Ｉ大人表示：

Ｉ大人：「女配角太過搶眼了，請把女主角寫得更可愛一點。」

霧友：「咦？但是主角看不見女主角啊，這樣的話女配角可愛一點也無妨……」

Ｉ大人：「請把女主角描述得更可愛一些！」

就這樣，我變成得要抱頭面對「要把無法直接描寫容貌和言行的女孩子寫得很可愛」這個難題。

到底是誰想出這種超級難寫的設定啊？啊，是我！

接著我想向關照過我的各位道謝。

首先是與出版有關的各位——

負責插畫的杉基イクラ老師。我在不經大腦地說出「我超喜歡杉基老師畫的《猜謎王》跟《夏日大作戰》喔」時，其實作夢也沒想過居然真的會由老師負責繪製插畫。我至今仍然非常恐懼，深怕自己的作品會造成老師資歷上的汙點。真的非常感謝老師能幫昴和詩織找出連負責寫作的我都不曾發現的魅力。

負責本作的編輯Ｉ大人及Ｏ大人。真的很感謝兩位極具耐心地忍受搞不清楚狀況的新人胡言亂語。

在校正、營業以及印刷方面，默默支撐著拙作的各位。除了書店外，還有將拙作販售給讀者們的店員們。如果沒有各位的幫助，本作根本不可能讓大家看到吧，真的非常感謝各位。

再來是與評選有關的所有人。因為各位選出本作，昴等人才能被更多人所看見，讓他們有機會被賦予全新的生命。

給我的朋友們。

S——讓基本上總是在批評我作品的你，說出：「這將成為你真正的處女作、有著重大意義的作品。」的這部小說，真的成功得獎了。你是什麼時候轉職成先知的？

そうじたかひろ先生（筆名）——如果沒有そうじ先生確切的建議，我應該不可能得獎。真的很感謝您。

S先生——「我會在後記跟S先生道謝」的約定，比想像中還早達成。雖然您似乎已經忘記了。

K君——總是跟我分享許多有趣漫畫，甚至陪我一起討論創作，真的非常感謝，今後也請多多指教。

りーべ氏（筆名）——謝謝您讓我想起創作故事的快樂，以及讓別人閱讀作品時的幸福感。如果沒有您，我根本不會想到「把作品拿去新人獎投稿」這件事。我也很期待您的作品喔。

O氏——如果沒有您聽完初期構想時說出：「這個很有趣！」本作應該還在創作筆記中沉睡。同時，我也要向T氏和M氏道謝。

I君——「如果任何人都能看見幽靈，那等過了三十年之後會出現什麼樣的法律呢？」——真的非常感謝您願意詳細回答我這個愚蠢的問題。

冬榮先生（筆名）——您給我的感想以及評語，是我非常強大的助力。今後也請多多指教。

給昴等人。

謝謝各位讓我創作出大家。因為作者的需要，讓你們承受了各式各樣的痛苦呢。特別是昴，強迫你接受這種將內心暴露給大眾知道的羞恥PLAY，真的很抱歉。今後也請你堅強地活下去。

你們今後將會踏上什麼樣的道路呢？如果願意的話請告訴我一聲，我會很高興的。

接下來，當然要對各位讀者送上最誠摯的感謝。我認為書要在有讀者閱讀過後，才能真正成為一本書。如果沒有各位，本書也不會存在於世。如果對各位來說，與昴等人相遇能讓各位留下一絲美好的回憶，那真的是太好了。

希望在不久的將來，能讓各位閱讀我的下一部作品。

二〇一四年五月吉日，感覺夏季即將到來。

霧友正規

輕文學 Light Literature

© Yusuke YAMADA 2004

如果全校最惡劣的老師被綁架了，
你願意冒生命危險去救他嗎？

死亡拼圖

山田悠介／著　許婷婷／譯

一群身分不明的武裝分子，一段來自學校廣播室的詭異指令——當死亡遊戲開始倒數，如果你能決定一個人的生死，你會選擇按照指令實行？還是置之不理？

限四十八小時找出兩千片拼圖並完整拼湊出來，否則人質將命喪黃泉。終極死亡遊戲就此展開！

定價：NT$280/HK$85

埋葬在過去的黑暗，苛責人心的罪惡感，
——晴的過往之謎　揭曉！

月影骨董鑑定帖 1~3

谷崎 泉／著　林星宇／譯

白藤家即使連在新年期間也不得安寧……晴大學時代的友人突然現身，攪亂他平靜的生活；而蒼一郎回到久違的老家，他姊姊竟提出鑑定骨董的委託。在晴與蒼一郎一同前去拜訪的宅邸中，兩人再次遇上殺人事件！更重要的是——留在該座宅邸內的佛像，是與晴灰暗的過去有關的物品……

定價：各 NT$260~280/HK$78~85

輕文學
Light Literature

鼓笛聲響，橙色燈籠的暈黃火光下，
妖異又美麗的妖怪拉糖舖，悄然開張——

妖怪拉糖舖奇譚

紅玉いづき / 著　　李逸凡 / 譯

神社一角，有間由兩名青年經營的拉糖舖。看似普通的懷舊攤販，卻是世上罕見的妖怪拉糖舖。他們依據附在人身上的妖怪之像製成妖怪糖，賦予無形的事物有形的模樣，驅走虛無縹緲的妖怪。但是，縱使他們能驅離他人身上的妖怪，卻無法驅走進駐自己心中之妖……

定價：NT$250/HK$75

解咒之路漫長而艱險，但只要行走於正確的道路上，必定會有豁然開朗的一天。

幽落町妖怪雜貨店 1~4

蒼月海里／著　徐嘉霙／譯

我是御城彼方，因為某些因素，必須住在位於常世與現世交界處的幽落町一年時間。黃昏小鎮幽落町迎來了寒冷冬季。某天，彼方在池袋公園遇見一名神祕的紙芝居藝人，他對小朋友說的「印旛沼之龍」的民間傳說竟是與水脈先生有關的故事！此外，白色惡魔的過往與內心黑暗，終將揭曉！

定價：各 NT$220/HK$68

國家圖書館出版品預行編目資料

看不見的她所追尋的事物 / 霧友正規作 ; 林星宇
譯 . -- 初版 . -- 臺北市 : 臺灣角川 , 2016.06
面 ; 公分

譯自 : 見えない彼女の探しもの
ISBN 978-986-473-165-7(平裝)

861.57 105006999

輕文學 Light Literature

看不見的她所追尋的事物

原著名*見えない彼女の探しもの

作　　者*霧友正規
插　　畫*杉基イクラ
譯　　者*林星宇

2016年6月29日　初版第1刷發行

發 行 人*成田聖
總 編 輯*呂慧君
主　　編*李維莉
文字編輯*林毓珊
資深設計指導*黃珮君
美術設計*吳佳昫
印　　務*李明修（主任）、張加恩、黎宇凡、潘尚琪

發 行 所*台灣角川股份有限公司
地　　址*105台北市光復北路11巷44號5樓
電　　話*（02）2747-2433
傳　　真*（02）2747-2558
網　　址*http://www.kadokawa.com.tw
劃撥帳戶*台灣角川股份有限公司
劃撥帳號*19487412
製　　版*尚騰印刷事業有限公司
I S B N*978-986-473-165-7

香港代理
香港角川有限公司
地　　址*香港新界葵涌興芳路223號新都會廣場第2座17樓1701-02A室
電　　話*（852）3653-2888

法律顧問*寰瀛法律事務所